KB126475

우진 현대 판타지 장편소설

WISHBOOKS MODERN FANTASY STORY

다시 태어난 베토벤

다시 태어난
베토벤 2

우진 현대 판타지 장편소설

초판 1쇄 찍은 날 | 2019년 4월 3일
초판 1쇄 펴낸 날 | 2019년 4월 10일

지은이 | 우진
펴낸이 | 예경원

기획 | 위시북스
편집책임 | 이규재
편집 | 위시북스

펴낸곳 | 예원북스
등록번호 | 제396-2012-000132호
등록일자 | 2012. 7. 25
KFN | 제1-389호

주소 | 경기도 고양시 일산동구 호수로 646-24 위너스21 II빌딩 206A호 (우)10401
전화 | 031-819-9431 팩스 | 031-817-9432
E-mail | yewonbooks@naver.com

ISBN 979-11-6424-236-8 04810
       979-11-6424-234-4 (set)

우진 현대 판타지 장편소설

WISHBOOKS MODERN FANTASY STORY

다시 태어난 베토벤

2

Wish Books

CONTENTS

8악장
6살, 첫 친구

다음 날.

딱히 상담할 사람이 없었던 배영준, 유진희 부부는 히무라에게 배도빈의 상황을 알리고 조언을 구했다.

히무라 역시 아이를 키우고 있는 입장인지라 도움이 되지 않을까 하는 생각에서였다.

"도빈 군은 뭐가 싫다고 하던가요?"

"점심 먹고 억지로 재우려는 것도 싫고, 율동하는 것도 싫고 흙장난하는 것도 싫다고 해요. 유치원에 적응하지 못하나 봐요."

"으음."

잠시 생각에 빠져 있던 히무라는 혹시나 하는 마음에 입을 열었다.

"그런 행위를 싫어하는 이유에 대해서는요?"

"창피하다든지 불필요하다든지 그런 말을 했어요. ……아, 그 시간에 음악을 하고 싶은데 못 하는 게 가장 큰 것 같아요."

"역시."

"네?"

"아, 네. 추측대로네요. 전문가는 아니라서 정확하진 않지만 아마 도빈 군은 지금 자신의 상황에 대해 대단히 잘 이해하고 있는 것 같습니다."

"네……. 저도 처음에는 그저 새로운 곳에 가는 걸 싫어해서 그런 거라 생각했는데 이유도 곧잘 말하고. 단순히 싫어하는 건 아닌 것 같더라고요."

"사실 도빈 군과 같은 천재는 일반적인 유치원에 대해 거부감을 가질 수밖에 없을 것 같습니다. 본인 말대로 유치하고 불필요하다고 생각할 수 있죠. 이미 도빈 군은 자기 의사가 확고하니까요. 더불어 하고 싶은 일과 그에 대한 목적성도 뚜렷하고요."

"그렇지만……."

"하하. 어머님께서 어떤 생각을 하시는지 알고 있습니다. 나카무라를 통해 아이 심리 상담사를 한번 찾아보겠습니다. 그래도 제 생각엔 도빈 군의 수준에 맞춰 영재들을 모아 둔 곳으로 옮기는 게 좋지 않을까 싶네요."

"그런 곳이 있나요?"

"발달이 빠른 아이들을 관리하는 곳이 한국에도 있을 겁니다. 상담을 받아봐야겠지만……. 저는 도빈 군이 그렇게까지 스트레스를 받는다면 가야 한다고 생각합니다. 무엇보다 도리어 도빈 군에게 악영향이 될지도 모릅니다."

"악영향이라뇨?"

"예를 들어 하고 싶은 음악을 제대로 하지 못해 생기는 스트레스로 이상 행동을 보인다든가, 심하면 음악에 대한 관심, 재능을 박탈당했다는 생각에 빠질 수도 있겠죠. 많은 천재가 그렇게 천재성을 잃게 됩니다."

"아아……."

"……낙담하지 마세요. 어머님께서도 어머니란 역할은 처음이지 않습니까. 단지 저도 아이를 키워보고 돌아보니 그런 생각이 들더군요. 자식을 사랑해서 했던 행동이 어쩌면 잘못된 선택이었을지도 모른다는 걸. 그러니 전문가에게 알아보자고 말씀드린 겁니다. 도빈 군은 특별한 아이니까요."

"……네. 감사합니다."

"세상에."

"믿을 수가 없네요."

배영준, 유진희, 히무라 그리고 나카무라는 한국 교육대학 부설 영재교육원에 의뢰해 배도빈의 천재성을 검사했다. 동시에 아동 심리 전문가를 초빙해 배도빈의 심적 상태를 알아보았는데.

오늘은 그 결과를 확인하는 날이었다.

협진을 했던 영재교육원 이응래 교수와 김희원 상담사의 말은 예상외였다.

"지능 테스트 결과입니다. 지각 능력이 또래 기준으로 상위 17%, 수리 능력은 상위 51%. 언어 능력에서는 상위 3%입니다. 이것만 봐서는 언어 능력이 뛰어난…… 평범한 아이죠."[1]

이응래 교수의 말을 들은 네 사람은 특별히 할 말이 없었다. 특별한 아이라고 생각했건만, 나타난 지표만으로는 지능이 특출한 것처럼 보이진 않았기 때문이었다.

"네……."

"그러나 확실히 따로 말씀하신 쪽에서는 놀랍네요. 준비했던 기준으로는 도빈 군의 역량을 측정할 수 없었습니다. 이런 말 드리기가 참 아이러니한데, 천재라는 말을 입에 담는 것은

----

[1] 부록-베토벤의 교육 수준

처음이네요."

"그럼……?"

"네. 공인해 드리겠습니다."

이응래 교수의 설명이 끝나자 김희원 상담사가 바통을 이어받았다. 부부 앞에 배도빈이 체크한 문항과 직접 그린 여러 장의 그림 등을 놓고 이야기를 시작했다.

"도빈 군은 비교적 행복합니다. 무엇보다 어머님과 아버님에 대한 사랑이 잘 드러나 있네요. 이건 어렸을 때 애착 관계가 잘 형성되었다고 봐야겠죠."

김희원 상담사의 말에 배영준, 유진희 부부가 서로를 바라봤다.

"다만 최근에는 극심한 스트레스를 느끼고 있습니다. 문제는 도빈 군도 유치원을 다니는 이유에 대해 잘 인지하고 있다는 점인데, 현실적인 문제로 하고 싶은 것을 못 하는 데에서 오는 스트레스라 더 갈등을 느끼는 듯합니다. 스스로 그 점을 분명히 말하는 만큼 저는 두 분 부모님께서 도빈 군의 바람을 들어주는 게 옳다고 결론을 내렸습니다."

"도빈이가 스트레스를 많이 겪는다는 것은 알고 있지만, 앞으로의 사회성을 위해서라도 유치원은 다녀야 하지 않을까요?"

"보통의 경우에는 그렇지만…… 저는 도빈 군이 사회성이 없는 것으로 보이진 않네요. 저와 이야기하는 도중에 여러 친구에 대해 이야기했습니다. 어…… 네. 사카모토? 씨라든지 이승희 씨 등에 대해 이야기하는 것으로 보아 타인과 교류하는 데 문제가 있어 보이진 않네요."

"도빈이와 나이 차이가 많이 나는 사람들뿐이라……."

"물론 또래 관계 역시 중요하지만, 저는 도빈 군의 경우에는 충분히 존중받을 수 있는 환경에 두는 게 좋을 것 같습니다. 감정을 컨트롤하는 데 있어 노력한다는 점부터 도빈 군의 인격 형성이 어느 정도 이루어졌다고 볼 수 있으니까요."

"그렇군요."

"네. 부모님께서는 놀라실지도 모르지만, 도빈 군은 이미 어느 정도의 사회화가 진행되었습니다. 또래 나이라고 하기에는 어려울 정도로요. 저와 대화를 할 때도 차분하게 자신의 심정을 이야기했고요."

"……."

"부모 된 입장이신 두 분께는 아직 어린 아들일 뿐이지만, 도빈 군은 충분히 잘 성장하고 있습니다. 앞으로는 도빈 군과 이야기할 때는 좀 더 귀를 기울여 주시는 게 도움이 되지 않을까 싶네요."

너무 아이로만 본 것은 아닌지.

배영준과 유진희는 그런 생각을 하니 가슴이 답답해졌다.

상담사의 말처럼 아직 너무나 어린아이일 뿐인데, 주변에서는 아들을 마치 하나의 어른을 대하듯이 이야기했다.

그럴 때마다 부부는 자신의 아들이 걱정되었다.

뭔가를 사 달라고 떼를 쓴 적도 없는 그 아이를 볼 때마다 마음이 아팠다.

도리어 부모인 그들에게 없는 집과 같은 재산을 직접 돈을 벌어 사 주겠다고 나서는 판이니 더더욱 걱정이 될 수밖에.

"이건 조금 조심스러운 추측이지만…… 도빈 군과 상담할 때 이런 이야기를 하더군요. 집이 가난하니까 어서 돈을 벌어야 한다고. 부모님 입장에서는 그게 마음 아플 일이겠지만, 저는 도리어 그런 두 분의 입장이 도빈 군을 몰아세웠을지도 모르겠습니다."

"아."

"미안하니까 뭐라도 조금 더 챙겨주려는 마음이 도빈 군 눈에는 자기가 어서 빨리 자라야 한다는 것으로 비쳤을지도 모른다는 거죠. 현재 세 분 가정의 유일한 단점이라 생각합니다."

"……말씀 감사합니다."

상담을 마친 배영준과 유진희 부부는 대학 부설 영재원 건물에서 나오자마자 서로를 안고 눈물을 흘렸다.

♪

히무라, 나카무라와 함께 외출하셨던 부모님께서 나를 꼭 끌어안으시곤 유치원에 다니지 않아도 된다고 말씀하셨다.

너무나 반가운 일이었는데, 음악을 배울 수 있는 영재 학원에 다니는 건 어떻겠냐는 더욱 반가운 이야기를 해주셨다.

음반을 통해 현대의 음악을 듣고 사카모토 료이치나 히무라를 통해 경험하곤 있다지만, 현대의 음악 교육 과정에 대해서는 벌써 몇 년 전부터 관심을 가지고 있었기에 흔쾌히 고개를 끄덕였다.

그런데.

"도빈아, 엄마 아빠가 너무 힘들게 했지?"

"네?"

"이제 도빈이가 걱정 안 해도 되게 엄마랑 아빠가 노력할게."

"……네."

'대체 어디서 무슨 말씀을 듣고 오신 거지.'

분명 뭔가 오해가 있는 듯한데 알 수 없는 노릇이다.

아무튼.

그렇게 일이 잘 풀려 이곳에 오게 되었다.

"여러분, 오늘은 새 친구가 왔어요. 도빈아, 형, 누나, 친구들한테 인사할까?"

"안녕."

"어디서 왔어?"

"몇 살이야?"

학원 강사 이이진 씨의 요청에 인사를 했는데, 사실 일반 유치원과 그다지 다른 반응은 아니었다. 조금 새침한 녀석들이 많다는 것을 제외하곤 이것저것 물어보는 건 똑같다.

차이점이 있다면 인원과 구성 연령대.

전체 인원은 서른 명쯤 있었던 저번 유치원과 다르게 그 절반 수준이었다. 나와 같은 나이가 아니라 몇 살 더 먹은 아이들도 보였는데, 아무래도 이곳에 오는 기준이 나이는 아니라는 것을 알 수 있었다.

쓸데없는 질문에는 대충 대답하고는 이이진 씨가 지정해 준 자리로 향했다.

"자, 그럼 오늘은 리코더를 배워볼 거예요. 다들 준비해 왔죠?"

"네!"

"도빈이는 선생님이 빌려줄 테니 따라서 해보자?"

"네."

이이진 씨가 앞에서 이것저것 가르치기 시작했고 리코더를 살폈다.

바흐 시대만 해도 독주 악기로도 사용될 정도로 리코더라 하면 꽤 역사가 깊은 악기인데 현대의 리코더라 해도 크게 달라진 점은 없어 보인다.

강사의 설명을 들으면서 소리를 조심스레 내어봤는데, 듣지 못했던 음색이 나왔다. 알고 있던 리코더보다 훨씬 개량되었음이 틀림없다.

'괜찮은데.'

내가 활동할 시기에는 플루트라는 훌륭한 악기가 인기였던지라 그리 활용하지 않았고 그건 다른 사람들도 마찬가지였는데, 확실히 리코더만의 맛이 있었다.

그렇게 한창 따라 하고 있을 때 옆자리에 앉아 있던 남자아이가 내게 말을 걸었다.

나보다 한두 살 정도 더 많아 보인다.

"넌 뭐 잘해?"

"나?"

"응. 여기 온 애들 다 잘하는 거 하나씩 있어."

영재 학원이라더니, 확실히 그런 느낌이 있나 보다.

문뜩 궁금해져 되물었다.

"다들 뭐 하는데?"

"난 노래. 노래 부르고 싶은데 악기 다루는 시간은 싫어."

'뭐, 그럴 수도 있겠지.'

고개를 끄덕이니 묻지도 않은 말을 술술 꺼내놓기 시작한다.

"저기 뚱뚱한 애는 바이올린이고, 저기 안경 쓴 여자애는 플루트를 잘 불어. 그리고 저기 있는 애는 피아노 치는데 곡도 만든대. 그리고 난 최웅. 여기서 제일 나이가 많아. 그러니까 대장이야."

손가락이 가리키는 곳을 보니 똘망똘망하게 생긴 남자애가 열심히 리코더를 불고 있었다.

내 또래로 보였기에 피아노를 치고, 작곡을 한다는 말에 조금은 놀랐다.

"신기하지? 쟤는 최지훈이라고 일곱 살. TV에도 나왔어. 엄청 유명해."

"그렇구나."

"……근데 너, 여섯 살 아니야?"

"맞아."

"난 여덟 살이니까 나한테는 형이라 불러야 해. 요라고 해야 하고."

"그래, 알았어."

슬슬 흥미가 떨어졌기에 영양가 없는 대화를 할 바에는 리코더를 배우고 싶었다. 녀석의 말을 대충 흘리고는 이이진 씨가 말하는 내용을 귀담아듣기 시작했다.

쉬는 시간.

"도빈아, 넌 어디 살아?"

"행운동."

여자애들이 몰려 들어와 화장실에 가지도 못한 채 둘러싸이고 말았다. 그중에 몇몇이 사는 곳을 묻기에 대답해 줬더니 다들 모르는 눈치다.

하긴 차를 타고 꽤 걸렸으니 이쪽에 산다면 모를 수도 있겠다.

"그럼 아파트에 살아?"

"아니. 주택."

"주택? 대단하다. 그럼 정원도 있어?"

"있긴 한데 좁아."

"그럼 네 방도 있어?"

"없어."

"에이."

얘들이 무슨 이유로 지금 내 호구조사를 하는지 모를 일이지만, 어머니께서 여자아이에겐 친절하게 대하라고 몇 번이고 말씀하셨다.

어쩔 수 없이 질문에 답해주고 있는데 아까 내게 말을 걸었던 여덟 살 꼬마가 다가왔다.

"치. 그게 무슨 주택이야? 너 솔직히 말해. 그 옷도 브랜드 아니지?"

'이건 또 뭔 개소리야?'

녀석의 의도를 잘 모르겠다.

제법 현대 대한민국에 익숙해졌다고 생각했는데 그것도 아닌 모양. 어머니, 아버지께서 나를 걱정하는 것도 조금은 이해가 되었다.

아직은 애들이 내가 사는 곳을 궁금해하는 이유라든지, 무엇을 입고 있는지 솔직히 말하라는 의도를 이해할 수 없다.

굳이 솔직히 말하라고 할 정도로 중요한 이야기인가, 싶어 우선은 대답해 주었다.

"응. 시장에서 샀는데."

"풋. 봐. 얘 뭐 잘하냐고 물었는데도 대답 안 했단 말이야. 집도 주택에 산다고 거짓말이나 하고."

"거짓말쟁이네?"

"거짓말쟁이래요~ 거짓말쟁이래요~"

"……?"

지금 애들이 싸움을 거는 건가?

어린 것들이 못된 것만 배워가지고 사람 귀찮게 하는데, 어이가 없었다. 이런 꼬맹이들을 상대하느니 차라리 화장실을 다녀와 앞서 배운 리코더나 몇 번 더 부는 게 나을 것 같다.

"그만해. 오늘 처음 온 친구한테 그러면 안 돼."

그런 생각을 하고 막 일어서려는데, 낭랑한 목소리가 들렸다. 고개를 돌려 보니 아까 이 일곱 살 꼬맹이가 최지훈이라고 알려준 녀석이었다.

최지훈이 이쪽으로 오더니 나한테 손을 내밀었다.

"난 최지훈이야. 일곱 살. 잘 부탁해."

얜 또 뜬금없이 갑자기 왜 이래?

"지훈이 멋있다."

"지훈이 말이 맞아. 왜 귀여운 도빈이한테 뭐라고 해?"

가관인 것은 최지훈이 내게 인사하자 그때까지 가만있던 몇몇 아이가 나서서 나를 옹호하기 시작한 것.

'영재라더니. 아닌 거 같은데?'

이게 '평범한 영재'의 사고방식인지는 모르겠지만 일반 유치원보다 짜증 난다는 것은 알 수 있었다.

우선은 화장실이 급했기에 최지훈이 내민 손을 대충 잡고 흔들었다.

"그래. 근데 화장실은 어디야?"

"어? 어…… 나가면 왼쪽에 있어."

"고맙다."

대충 둘러싸인 아이들을 헤쳐 강의실 밖으로 나오니 과연 왼쪽에 화장실 표시가 있었다.

어린 몸은 방광이 약하다.

저녁 식사 시간.

"도빈아, 학원은 어땠어?"

"재밌었어요."

"뭐 했는데?"

"리코더 배웠어요. 아직 소리를 제대로 내진 못해요. 그래도 금방 잘할 수 있을 것 같아요."

"친구는 사귀었니?"

잠시 고민하다가 고개를 저었다.

"음악 하는 친구들이랑 음악 얘기도 하고 그러면 재밌지 않을까?"

어머니의 말씀에 나는 예전 음악 친구들과 그리고 사카모토 료이치와 보낸 시간을 회상했다. 확실히 즐거운 추억인데, 코는 흘리지 않지만 학원 아이들의 수준을 생각하니 그건 무리일 것 같았다.

"그건 어려울 것 같아요."

"왜?"

문득 내 말을 이해하지 못할 거다, 수준 차이가 난다 등의 말을 했다간 어머니께서 또 슬퍼하실 것만 같았다.

군말 없이 어머니의 바람을 들어드리자.

"아니에요. 해볼게요."

"그래. 착하다. 자, 이것도 먹어."

오물오물.

어머니께서 해주시는 계란프라이는 노른자가 익은 정도가 절묘하다.

다음 날 유치원 점심시간.

어제 어머니의 말씀도 있고 해서 옆에 앉은 여자애에게 말을 걸었다.

"어떤 음악이 좋아해?"

"나?"

고개를 끄덕이자 잠시 고민하더니 손뼉을 친다.

"난 유진 킴이 좋아."

"유진 킴?"

"응. 전자바이올린 연주하는 사람인데, 몰라? 엄청 멋있어."

"전자바이올린?"

뭔가 들어보지 못한 이야기를 해서 관심을 보였더니 여자애가 자기의 핸드폰을 꺼내 무엇인가를 검색했다.

'꼬맹이가 핸드폰도 가지고 있네.'

신기해하며 기다리는데 이내 이어폰을 주었다.

귀에 꽂으니 꼬마애가 핸드폰 화면을 보여주었고 그 속에는 한 청년이 바이올린을 들고 있었다.

그리고 들리는 충격적인 소리.

연주가 진행된 약 5분간 충격에 빠지고 말았다.

이토록 나를 놀라게 한 연주자는 적어도, 다시 태어난 뒤에는 없었다. 꽤 많은 음악을 들었고 이승희와 같은 천재도 만났지만.

내가 들어보지 못한 음색을 이만한 기교로 감성마저 가슴에 때려 박는 듯 전달하는 사람은 처음이었다.

음질이 그리 좋지 못하다는 게 천추의 한이다.

"어때? 좋지?"

"정말 좋아. 어떤 사람이야?"

"음악 한다면서 유진 킴도 몰라? 너 여기 어떻게 들어온 거야?"

"돈도 없으면서."

"리코더도 잘 못 불면서."

이유는 모르겠지만 어제부터 묘하게 내게 시비를 거는 놈들이 있다. 내게 가장 먼저 말을 건 일곱 살 먹은 꼬맹이가 주동자인 듯한데, 귀찮아서 무시했다.

"너희 자꾸 도빈이한테 왜 그래?"

"뭐가? 너도 걔랑 있으면 수준 떨어질걸? 빨리 떨어져."

요즘 애들은 대체 뭘 어떻게 자랐기에 어려서부터 이렇게 비뚤어졌는지 모를 일이다.

부모님 계시고, 굶을 일 없고. 병에 걸려 일찍 죽는 형제가 있는 세상도 아닌데 말이다.

며칠 뒤.

날이 갈수록 아이들은 유치해졌다.

내가 입은 옷이 싸구려라든지, 거짓말을 한다든지, 요즘 유행하는 음악도 모른다든지 하는 이야기를 떠들어댔는데 그와 별개로 나는 꽤 이곳이 마음에 들었다.

적어도 내가 오선지를 펼쳐놓고 곡을 쓰거나 수정할 때, 그것을 못 하게 막지 않는다는 점이 특히.

그런데 오늘은 아닌 모양이다.

"뭐 하냐? 음악도 모르는 주제에 음표 그린다고 다 음악 되는 거 아니야!"

여덟 살 꼬맹이(이름은 들은 거 같은데 기억이 안 난다)와 몇몇이 와서 귀찮게 굴었다.

"쉿. 쉿."

손을 휘휘 저어 저리 가서 놀라고 한 뒤, 새롭게 만들 피아노 소나타를 수정하고 있을 때 그놈이 기어이 내 악보를 빼앗아가고 말았다.

"내 놔."

"뉘놔~"

"히히히히."

며칠째 이어진 귀찮은 짓과 이제는 악보까지 뺏어가는 버릇없는 행동에 짜증이 치밀어 주둥아리에 주먹을 꽂아줄까 생각하다가.

어른으로서 참아야지, 하며 마음을 달랬다.

"그만둬!"

그때였다.

최지훈이 짜증 나는 꼬맹이의 뒤에서 내 악보를 낚아챘다. 그러고는 어리둥절하는 녀석에게 소리쳤다.

"너 자꾸 그러면 우리 아빠한테 이를 거야!"

"그, 그치만."

"우리 아빠 누군지 알지? 혼나기 싫으면 도빈이 괴롭히는 거 그만둬!"

"아, 알았어."

아이들이 이루는 촌극을 보고 있자니 최지훈이 다가왔다.

"괜찮아?"

"응."

녀석이 악보를 살피곤 감탄한다.

"우와. 이거 네 악보야? 나도 봐도 돼?"

똘망똘망한 녀석이니 보여주는 것쯤이야 문제 될 것 없다.

"봐."

"고마워."

부잣집 도련님 같은 최지훈은 내 옆에 슬며시 앉더니 이내 다시 한번 감탄을 터뜨렸다.

"이거 다 외운 거야?"

내 곡이니 외우고 있는 건 맞다.

"응."

"대단하다. 어떻게 이렇게 긴 곡을 외울 수 있어? 머리 엄청 좋구나?"

"음악을 하려면 좋아야지."

"그럼 이렇게 베끼는 것도 외우면서 하는 거야?"

"베껴?"

"이거 따라 적은 거잖아?"

"무슨 소리야?"

"……설마, 이거 네가 만든 곡이야?"

"그럼?"

애는 그나마 정상인 줄 알았는데 이상한 말을 해댄다.

'아니, 그것도 아닌가.'

이 아이 수준에서는 이만한 곡을 만든다는 게 상상할 수 없는 일이겠지.

그렇다면 그런 식으로 생각할 수도 있겠다고 생각하는데, 최지훈이 나와 악보를 번갈아 본 뒤 웃었다.

"정말 대단해. 나보다 한 살 어리면서."

"그래. 난 대단하지."

"응! 혹시 또 잘하는 거 있어?"

"피아노랑 바이올린."

"정말? 대회도 나가봤어?"

"대회를 왜 나가?"

"응?"

"돈 줘?"

"아, 웅! 그렇기도 한데 대회에 나가서 1등 하면 기분 좋잖아. 주변에서 칭찬해 주고."

"칭찬이야 내 곡 들어주는 사람이 해주는 거지. 근데 돈은 얼마나 주는데?"

"유치부는 100만 원 정도?"

"적네."

그 뒤로 최지훈과는 이런저런 이야기를 했다.

음악 내적인 이야기는 아니었지만, 확실히 이 녀석과 대화를 하는 건 꽤 들을 만한 이야기가 많았다. 국내의 유명 콩쿠르에 대한 정보라든지, 그것을 통해 상금을 얼마나 받을 수 있는지(이건 최지훈이 아직 금전 감각이 없어 잘 모르는 것 같았지만), 또는 우리나라 대한민국에 있는 유명 음악가에 대한 이야기까지.

그렇게 한참을 이야기하다 보니 최지훈이 자리에서 일어섰다.

"피아노 치러 갈래?"

"피아노가 있어?"

"응. 복도 끝에 있는 방에 있어. 가자."

최지훈을 따라 들어간 방에는 그럴듯한 피아노가 있었다.

일 년 전과는 달리 제법 몸이 컸고, 자세만 잘 잡으면 어색하게나마 칠 수 있을 것 같았다.

고작 한 살이 많은 최지훈은 나보다 키가 제법 컸는데, 피아노 의자에 앉으니 제법 자세가 나왔다.

♬♬♪♬

녀석이 연주를 시작했다. 확실히 어리다는 걸 감안하면 또래에 비해 특출한 수준이다. 음악을 일찍 배운 아이라고 해도 이만한 수준에 도달하기는 어려울 텐데, 연습을 많이 한 모양이다.

하지만 어디까지나 평범한 수준이다.

"어때?"

"잘하네."

"그럼 이번엔 나도 들려줘."

고개를 끄덕이곤 의자에 올라갔다. 조금 불편하긴 하지만 이젠 이 정도는 어떻게든 감당할 수 있다. 팔 길이가 짧으니 음폭이 좁은 곡을 연주하면 그만.

몇 번이고 반복해서 들었던, 슈베르트 19번 소나타 A플랫 장조를 연주하기 시작했다.

조금만 더 빨리 만났더라면 좋았을 텐데.

나는 지난 생의 끝 무렵에 만난 젊은 천재를 회상하며, 그가 남긴 아름다운 선율을 그리기 시작했다. 슈베르트의 곡은 대부분 음역이 좁은 편이라 지금의 내가 연주할 수 있는 몇 안 되는 곡이다.

연주를 마치고 여운을 즐긴 뒤 의자에서 내려오자, 최지훈은 입을 벌리고 멍하니 있었다.

"왜 그래?"

"너…… 정말 엄청나다."

"그럼. 엄청나지."

당연한 말을.

"너도 어렸을 적부터 피아노 배웠어? 아, 아니지. 지금도 불편해 보이는데 예전엔 더 힘들었겠다."

"팔이랑 손이 짧긴 했어."

허리랑 다리도.

"……하아."

최지훈이 갑자기 자리에 주저앉았다. 그러더니 갑자기 울먹이기 시작했다.

'갑자기 왜 이래?'

"뭐야. 왜 그래? 압도적인 실력 차이에 좌절한 거야?"

"끄아아앙!"

"……."

얼마쯤 지났을까?

가만히 자리를 지켜주고 있었는데 좀 진정이 되었는지 최지훈이 눈물을 슥슥 닦아내며 입을 열었다.

"아, 미안해."

"별로."

"……."

"……."

"정말 천재가 있었구나."

"있지."

"……."

잠시간의 침묵 뒤에 최지훈은 피식 웃은 뒤 감탄했다. 그 낭랑한 목소리가 조금 잠긴 듯했다.

"응. 정말 있었어. 대단하다, 너."

"암."

"암?"

"그렇다는 말이야."

최지훈이 나를 잠시 이상하게 보더니 속내를 털어놓기 시작했다.

"우리 아빠는 부잔데, 내가 피아노를 잘 치는 걸 엄청 좋아하셔."

그냥 들어주었다.

이렇게 어린아이가 무엇 때문에 힘들어하는지는 모르겠지만 분명 사정이 있을 거라 생각했기 때문이다. 또 아무래도 나와의 큰 수준 차이 때문에 좌절한 게 맞는 것 같으니 말이다.

"칭찬해 주시니까. 좋아하시니까 계속 연습했는데 어느새 주변에서 날 천재라고 부르더라구. 노력하지 않으면 안 됐어. 내가 못 하면 아빠가 실망할 테니까. 우리 아빠, 엄청 무섭다?"

"……"

어디서 많은 들어본 이야기였다.

"그래서 막 연습하는데, 연습한 티를 내면 안 될 것 같았어. 난 천재니까. 어쩌다 연습하는 걸 들키면 놀고 있는 거라고 거짓말을 했어. 그럼 또 나는 더 대단한 천재가 되더라구."

"……"

"그냥, 말하고 싶었어."

나는 최지훈의 말에 간격을 두었다가 입을 열었다.

"난 피아노 부수려고 했던 적도 있어."

"뭐? 정말?"

"보기만 해도 화가 나서 부수려고 했어."

"……피아노 안 좋아해?"

"좋아해."

"응?"

"넌 그럼 음악 안 좋아해?"

"······아니, 좋아해."

"그럼 하면 돼. 좋아하니까. 어쩔 수 없는 거야. 음악가란 그런 거야."

"잘 모르겠어."

최지훈과 그렇게 시간을 보내고 반으로 돌아오니 학원 강사 이이진 씨가 어디에 갔었냐고 다그쳤다. 나와 최지훈이 없어진 줄 알고 잔뜩 걱정한 표정이었다.

덕분에 복도에서 잠시간 벌을 서야 했다.

복도에 서 있는 동안에도 나와 최지훈은 많은 이야기를 나누었다.

나는 왜 작곡을 하는가.
나의 마음속에서 샘솟는 것이
세상 밖으로 나와야만 하기 때문에.
나는 곡을 짓는다.
-루트비히 판 베토벤

9악장
6살, 첫 정규 앨범

음악 영재 학원 '베토벤'을 다닌 지도 2주가 되었다.

오늘은 바이올린을 배우는 날이다.

현대의 새로운 연주법을 익힐 생각에 아침을 서둘러 먹곤 학원으로 향하는 중에 히무라가 말을 걸었다.

"학원은 어떠니?"

"별로 배우는 건 없는데 재밌어요."

"하하! 재밌으면 됐지. 오늘은 리코더 안 가져왔네?"

"네. 오늘부턴 바이올린을 가르쳐 준대요."

"바이올린이라. ……확실히 배울 게 없을지도."

첫 번째 정규 앨범 'Dobean Bae: 피아노와 바이올린을 위한 모음곡'에 바이올린이 많이 사용되었던 만큼 히무라는 내 연주를 충분히 들었다.

그런 내가 꼬맹이들 수준에 맞춘 교육에 만족할 리 없다고 생각하고 있는 듯한데, 나도 같은 생각이지만 또 모르는 법이다.

현대 음악을 배우는 일은 현재 나의 가장 큰 기쁨 중 하나였기에 그 기대를 놓진 않았다.

그렇게 대화를 하는 사이 학원 앞에 도착했다.

"그럼 도빈아, 3시에 데리러 올게."

"3시?"

"응. 오늘 앨범 발매일이잖아. 아사히 신문에서 인터뷰하러 온대."

"이시하라 누나가 오는 거예요?"

"응. 도빈이 보고 싶다며 자원했다네. 인터뷰하고 싶어 하는 기자도 있고. 부러운데?"

"이상한 누나지만. 알겠어요. 고맙습니다."

히무라와 인사를 나누곤 차에서 내렸는데 때마침 낭랑한 목소리가 나를 불렀다.

"도빈아!"

고개를 돌리니 최지훈이 막 차에서 내렸는데 문외한인 내 눈에도 좋은 차량이었다. 확실히 부잣집 아들이 맞는 모양.

집사로 보이는 사람이 최지훈과 인사를 나누곤 돌아갔다.

"그거 네 바이올린이야?"

"응."

"히힛. 네 바이올린이라니 기대된다."

"기대해. 너도 가져왔네?"

"응. 나 바이올린 잘 켜."

무슨 말을 해야 할지 몰라 가만있는데 최지훈이 한숨을 푹 내쉬었다.

"사실 거짓말이야. 2주 전부터 엄청 연습했어. 그래서 손가락이 다 아파."

"원래 처음 할 땐 그래."

이런저런 이야기를 하며 학원으로 들어섰다.

"야! 너 죽을래?"

"메에롱!"

"……."

애들은 애들이다.

며칠째 보는 광경이지만 강사가 없는 시간에는 다들 떠들고 노느라 정신이 없다.

옆자리의 여자아이에게서 이어폰 한쪽을 빌려 유진 킴의 연주 영상을 얻어 보고 있는데, 그 아이가 자꾸만 나를 힐끔 힐끔 보았다.

"왜?"

고개를 돌려 눈을 마주치며 묻자 여자애가 얼굴이 새빨개

져서는 시선을 이리저리 피한다.

'이상한 애네.'

개의치 않고 다시 영상에 집중하려는데 때마침 학원 강사 이이진 씨가 누군가와 함께 교실 안으로 들어왔다.

"여러분, 집중~"

"집중~"

자기 자리를 찾아 앉은 아이들을 둘러본 이이진 씨가 만족스러운 표정을 짓더니 옆에 서 있는 남자를 소개했다.

"오늘부터 2주간 여러분께 바이올린을 가르쳐 주실 선생님이세요. 한국 대학교 음대를 다니고 계신 이승호 선생님께 다들 인사해요~"

"안녕하세요!"

"안녕하세요!"

한국 대학교라면 대한민국에서 가장 좋은 대학이라 들었는데, 그곳의 학부생인 모양이다. 현대의 학부생이 어느 정도 수준인지 알 수 있는 기회이자 신문물을 받아들일 절호의 기회다.

"안녕, 여러분. 반가워. 선생님은 바이올린을 전공하고 있는 이승훈이라고 해. 오늘부터 여러분과 바이올린을 공부할 텐데, 혹시 바이올린 켤 수 있는 사람 있을까?"

"저요!"

한 명이 손을 번쩍 들었다. 까불까불 대는 녀석이었는데 아이들 앞에서 특기를 발휘할 생각에 달아오른 느낌이다.

"좋아. 이따 한번 친구들에게 들려주도록 하자."

까불이가 힘차게 고개를 끄덕인다.

"또 다른 친구는 없나?"

"조금 배웠어요."

최지훈이 손을 들었다.

"얼마나 배웠니?"

"일주일이요."

역시 천재인 척을 하려면 꽤나 힘든 모양이다. 피아노처럼 배운 기간을 줄여 말하라고 아버지가 시킨 모양이다.

'나도 그런 경험이 있었지.'

자식을 통해 명예와 부를 챙기려는 못된 부모가 드문 일은 아니다.

"일주일이면 확실히 많이 배우진 못했겠구나. 혹시 연주할 수 있으면 잠깐 앞으로 나와 줄 수 있니?"

"네."

갑작스러운 요청에도 최지훈은 개의치 않고 앞으로 나갔다. 바이올린을 든 손이 파르르 떨리는 것 같았는데, 아이들 앞에 서니 어느새 멈춰 있었다.

"부담 가지지 말고 잠깐 들려줄래?"

"네."

최지훈은 숨을 잠시 고르고는 바이올린을 어깨에 받쳤다. 그러곤 한두 번 음을 내더니 고개를 끄덕였다.

그리고 시작한 연주.

어딘가에서 들어본 곡이다. 서정적이면서도 그리운 듯한 선율로 전해지는 것은…… 분명 어느 나라의 민요와 유사했다.

매우 쉬운 곡이나 불과 2주 만에 저만한 연주가 가능하다는 것이 신기할 따름이다.

확실히 천재는 아니더라도 그 노력만큼은 최지훈을 인정해야 할 듯하다.

짝짝짝짝!

"지훈이 멋있다!"

"나비야지?"

"지훈이 너무 좋아!"

최지훈이 바이올린을 어깨에서 내려놓자 아이들이 손뼉을 치며 좋아했다.

나도 오늘을 위해 노력한 어린 친구에게 박수를 보냈다.

"이야, 정말 일주일 동안 배운 거 맞아? 대단한데?"

"지훈이는 천재예요!"

"천재예요!"

"피아노도 엄청 잘 쳐요!"

"하하. 그래? 잘했어. 자, 이건 선생님이 주는 선물. 지훈이는 조금만 더 연습하면 정말 잘하겠다."

바이올린 강사 이승훈이 최지훈의 머리를 쓸어내린 뒤 손에 사탕을 쥐어주었다.

"자, 그럼 아까 손 들었던 친구."

"네!"

"앞으로 나와볼까?"

"네!"

까불이 역시 앞으로 나가서 어깨에 바이올린을 받치곤 턱을 두어 번 옆으로 움직이더니 슬쩍 이승훈을 보았다.

이승훈이 웃으며 고개를 끄덕이자 눈을 감곤 연주를 시작했다.

나이를 감안하고 감안한다면 들어는 줄 만한데, 차라리 최지훈이 낫다는 생각이 들 정도였고, 자신 있게 나선 그 용기가 가상하다.

그러나 학원 아이들은 최지훈이 연주한 곡보다 난이도가 있는 곡을 연주한 까불이에게 박수를 보냈다.

"자아, 잘했어. 조금 어려울 수도 있었을 텐데 연습 많이 했나 보네? 여기."

사탕을 받은 까불이가 까불거리며 자리로 돌아갔는데 그때.

"선생님! 얘도 바이올린 있어요!"

여덟 살 뚱땡이가 건방지게 내게 삿대질을 하며 소리쳤다.

"그래? 친구 이름은?"

나는 이승훈을 보며 입을 열었다.

"배도빈이요."

"좋아. 도빈이도 친구들한테 연주 들려줄 수 있니?"

원래라면 돈을 받아야겠지만, 선심을 쓰도록 했다.

여기 있는 아이 중에 13명은 나중에 음악을 하며 살진 않겠지만 단 한 명, 장래에 음악가가 될 친구가 한 명 있었기에 그를 위해서 말이다.

바이올린을 들곤 앞으로 걸어가는데 어떤 곡을 연주할지 고민이 되었다. 딱히 지금 당장 연주하고 싶은 바이올린 독주곡이 떠오르지 않았기 때문이다.

그러다 몸을 돌렸는데, 책상 위에 놓인 옆자리 아이의 핸드폰이 눈에 들어왔다.

방금까지 들었던 유진 킴의 연주가 떠올랐다.

'한번 해볼까.'

전자바이올린은 바이올린과 많이 다르기에 즉흥적으로 편곡을 해야겠지만 즉흥 연주는 내 특기. 어려운 일은 아니다.

바이올린을 꺼내 어깨에 받쳤는데 이승훈이 물었다.

"도빈이는 무슨 곡을 연주해 줄 거야?"

"제목 몰라요."

"하하. 그래."

"쟤 봐봐. 할 줄도 모르면서 바이올린 가져와서 저러잖아. 제목을 모르는 게 말이 돼?"

웃으라지.

지금 내 연주는 너 같은 코흘리개들이 아니라, 미래를 위해 착실히 걸어나가고 있는 친구를 위함이다.

내가 받았던 충격.

현대의 음악을 듣곤 느낀 그 희열을 최지훈이 받을 수 있을까.

현을 켜기 시작했다.

제목 모를, 누구의 영혼인지 모를 이 고혹적인 멜로디는 나를 충격에 빠뜨리기에 충분했다.

빠르면서도 경쾌한.

그러면서도 명확한 음 배치.

연주자 유진 킴의 연주 실력도 훌륭했지만 나는 이러한 발상을 할 수 있었던 그의 영혼을 위로한다. 기도한다.

이름 모를 천재가 남긴 진한 향수를 느끼며 연주를 이어나갔다. 그러곤, 내가 들었던 부분까지 연주한 뒤에 손을 멈추었다.

"……."

"……."

눈을 뜨자 최지훈의 놀란 얼굴이 시야에 들어왔다. 눈을 크게 뜨고 입을 벌린 그 얼굴에서 녀석에게 전달하고 싶었던 감정이 제대로 전해졌음을 알 수 있었다.

"도, 도빈이라고 했지? 중간에 왜 멈췄니?"

"이 뒤에는 아직 못 들었어요."

"……못 들어?"

"듣고 있는데 선생님이 들어와서 마저 못 들었거든요."

이이진 씨도 이승훈도 학원 아이들도 다시금 말이 없어졌다. 바라던 대로 최지훈이 놀랐기 때문에 만족스럽다만 이들도 마찬가지인 듯하다.

"말도 안 돼."

"세상에……."

"저, 정말이니? 오늘 들은 게 확실해?"

"거, 거짓말이에요! 쟤 거짓말 엄청 많이 한다고요!"

여기저기서 뒤늦게 반응이 나오는데, 뚱땡이가 소리를 쳤다.

이승훈과 이이진이 나를 다시 보는 것으로 대답을 구하나. 답할 가치를 못 느껴 가만있자니 옆자리의 아이가 슬며시 손을 들었다.

"저…… 진짜예요. 도빈이가 유진 킴 연주를 좋아해서 핸드폰으로 매일 들려주는데, 콘트라단자는 이번이 처음이었어요."

"처음 듣는 곡을…… 같은 악기도 아닌 걸로?"

이승훈이 내 양어깨를 붙잡곤 흔들었다.

"도빈아, 다른 건. 다른 것도 연주해 줄 수 있니?"

"이 손부터 좀 놔요. 아파요."

"아아. 미안. 미안."

"뭘 하면 되는데요?"

"아무거나. 도빈이가 아는 곡이면 다 괜찮아."

"음. 그럼 한 곡만 더 연주하면 바이올린 가르쳐 주는 거죠?"

"뭐?"

"바이올린 가르쳐 준다면서요."

내 말에 무슨 문제라도 있었는지 이승훈은 난감해하는 것처럼 보였다.

이승훈이 시야를 가리고 있어 보이지 않는 이이진 씨를 보기 위해 고개를 슬쩍 옆으로 빼자 그녀가 이승훈을 대신해 고개를 끄덕였다.

"선생님이 도빈이가 연주를 너무 잘해서 한 번 더 듣고 싶으신가 봐. 당연히 가르쳐 주실 거야."

"네."

케이스에 넣었던 바이올린을 다시 꺼내어 어깨에 받치곤 생각에 잠겼다.

옆자리 아이가 들려준 유진 킴의 연주에는 정말 많은 곡이 있었지만 그중에서도 나를 감정적으로 가장 뒤흔든 곡은 이것이리라.

현을 켜기 시작했다.

처음엔 터치하듯 가볍게. 그러곤 마치 한 편의 영화를 보듯 전개되는 끊임없는 횡적 음 배치.

그 과정에서 전달되는 감동은 분명 희망이었다.

"Viva La Vida……."

연주를 마치자 이승훈이 곡명을 작게 읊조렸다. 그러고는 고개를 돌려 본디 목소리로 말했다.

"이이진 선생님."

"네, 네?"

"이 아이는 대체 왜 여기에 있죠?"

아르바이트를 마치고 집으로 돌아온 이승훈은 때마침 걸려 온 전화를 받았다.

"어, 누나. 무슨 일이야?"

-들어봐. 나 진짜 힘들어 죽겠어.

"왜?"

-오디션을 몇 번을 보는지 몰라. 지긋지긋해 죽겠어.

"아~ 아직도 못 뽑았구나?"

-그렇다니까? 푸르트벵글러 그 아저씨 깐깐한 건 알았지만 이렇게까지 꽉 막힐 줄은 몰랐다구. 정말 단원들도 스트레스 받고 난리도 아니야.

"하하하! 그러게. 벌써 두 달은 된 것 같던데."

-그러니까. 승훈아, 네가 빨리 독일로 와서 누나 좀 살려주라.

"나 로스앤젤레스로 가고 싶은 거 알잖아. 아, 맞다. 나 오늘 진짜 신기한 애 봤어."

-애? 무슨 애?

"여섯 살이라던데 난 바이올린 그렇게 잘 켜는 애 처음 봤다니까?"

-여섯 살?

"응. 진짜 장난 아니었어."

-네가 남 칭찬을 다 하고. 잘하긴 하나 보네.

"알바로 영재 학원에 바이올린 교습 나갔거든. 적당히 잘한다, 잘한다 해주면서 대충 하고 올 생각이었는데 세상에. 바이올린을 가르쳐 달라는데 가르칠 게 없어서 도리어 난감했다니까."

-MSG 적당히 쳐. 무슨 말도 안 되는 소리야? 여섯 살이 하면 얼마나 한다고 네가 가르칠 게 없어.

"진짜라니까? 배도빈이라고, 두고 봐. 몇 년 안에 엄청 유명해질걸?"

-뭐라고?

"유명해진다고."

-아니. 이름 말이야.

"배도빈. 왜?"

-까! 어쩜. 대박이야. 도빈이가 벌써 여섯 살이야?

"어? 누나 알아?"

-그럼. 내가 재작년에 일본까지 가서 녹음도 해줬는데. 너한테 선물도 보내줬잖아. 부활.

"……어?"

-그 부활 쓴 애가 도빈이야. 어쩜 좋아. 도빈이가 벌써 여섯 살이야? 맞네. 시간 빨리 가는 거 봐.

이승훈은 누나 이승희가 보내주었던 앨범을 찾았다. 책상 이곳저곳을 뒤져보니 책 무더기 가장 아래에 숨겨져 있던 CD 한 장을 찾을 수 있었다.

'Auferstehung(부활)'이란 독어가 금색으로 강조되어 있는 그것에는 분명, 배도빈이라는 이름이 영어로 적혀 있었다.

관심이 없어 처박아두었거늘.

설마 그 아이가 이 곡을 만들었을 거라고는 생각지도 못했다.

그의 누나 이승희는 세계적인 첼리스트였으며, 동시에 베를린 필하모닉의 제1첼로를 맡고 있었다. 결코 어린아이의 곡을 연주하는 데 참여할 사람이 아니었다.

그러하기에 'Dobean Bae'라는 이름고 영재 학원 베토벤에서 본 '배도빈'을 연관시킬 수 없었는데.

"세상에……."

사실이고 말았다.

-여보세요? 이승훈?

"아, 응. 누나. 미안."

-도빈이 지금도 귀엽냐구. 완전 아기였는데, 아, 지금도 애지만. 어때?

"……최고지."

-그래? 한번 만나러 가봐야겠다. 바이올린은 또 언제 배웠대?

이승훈은 누나 이승희와의 전화를 끊은 뒤, CD플레이어에 '부활'을 넣었다. 그리고 그것을 플레이했을 때.

이승훈은 누나가 보내준 선물을 뒤늦게 튼 것을 후회했다.

'맙소사.'

완벽하다.

완벽하다는 말 이외에는 설명할 길이 없는 완성도였다. 어느 곳 하나 빈틈없는 구성이었고 그 안에서 느껴지는 감정의 변화에 어느새 이끌리고 말았다.

고통스럽고 괴로웠으나 끝에는 더없는 환희.

"이걸…… 재작년에 만들었고? 그 꼬마가?"

이승훈은 어이가 없다는 듯, 하 하곤 짧게 감탄사를 내뱉었다.

그 역시 수재로 인정받으며 어렸을 적부터 국제무대에서 활동했지만 배도빈이란 아이의 연주, 작곡 능력에는 놀라지 않을 수 없었다.

♪

상암동 NBC 취재센터 사무실은 평소와 같이 분주했다.

전화벨 소리와 대화 소리로 가득했고 여기저기 뛰어다니는 사람들이 심심치 않게 보였다.

그러는 와중에 터진 고함.

"너 이 새끼, 정신이 있는 거야, 없는 거야!"

잠시간 소란스러웠던 사무실이 조용해졌지만 이내 기자들은 다시금 자기 할 일을 하기 시작했다.

"죄송합니다."

"죄송하다고 될 문제야! 여태 왜 모르고 있었던 거야! 어? 니가 그러고도 기자라고 할 수 있어?"

바로 어제.

취재센터장 최병철은 일본에 있는 지인을 통해 한 가지 사실을 전해 들었다. 그 내용이 너무나 터무니없었기에 믿지 못했지만 상대가 정색하며 자료까지 보내주자, 고맙다는 말조차 잊어버릴 정도로 놀라고 말았다.

배도빈이라는 대한민국 국적의 천재가 네 살 무렵, 재작년 크리스마스에 내놓은 '부활'이란 싱글 클래식 앨범이 2011년 현재 일본에서만 누적 판매량 91,381장을 기록했으며.

더욱 가관인 것은 2010년 최고의 히트작 중 하나인 '죽음의 유물: 1부'의 메인 테마곡까지 만들었다는 소식이었다.

뒤늦게 일본과 미국의 기사를 찾아본 최병철 취재센터장은 얼굴이 붉으락푸르락해졌다.

이런 대박 소식은 전혀 모르고 있었다는 사실에 짜증이 치솟은 것이었다.

'한류'라는 키워드는 언제나 먹히게 마련.

더군다나 어린 나이에 일본과 미국 음악 시장에서 성공했다는 것만으로도 화제성은 보장되었다.

거기에 더해.

바로 어제 일본에서 정식 발매한 'Dobean Bae'의 첫 번째 정규 앨범 'Dobean Bae 배도빈: 피아노와 바이올린을 위한 모음곡'이 발매 첫날 17,000장 판매되었는데.

이 기세라면 초동 판매량(발매 후 일주일간의 판매량)이 역대급이 될 것은 자명해 보였다.

이 사실을 모르고 있었던 최병철 NBC 취재센터장은 눈이 돌아가 잠조차 이루지 못한 채 출근했는데.

[세계를 놀라게 한 여섯 살 천재!]

[음악사를 이을 천재 탄생? 모차르트의 환생인가!]

벌써 배도빈에 대한 기사를 배포한 언론사가 있으니 기어이 폭발하고 만 것이었다.

최병철 센터장은 연예취재부 기자들을 모아두곤 있는 대로 소리를 지르며 그중 최고 선임인 김준용 기자를 까기 시작했다.

"이 새끼야! 입이 있으면 말을 하라고! 어!"

'하, 미치겠네.'

출근하자마자 센터장으로부터 갖은 욕설을 듣는 김준용 기자의 속은 말이 아니었다.

대한민국 클래식 업계는 좁다.

그래서 그 정보 또한 적은 것이 사실이었다. 화제성이 부족하여 지원은 적었고 기자들도 자연스레 등한시할 수밖에 없었다. 그러다 보니 보도되는 내용은 대부분 한국 내 인맥을 통해 알려지는 것이 현실이었다.

그것을 기자들이 캐치하여 보도하게 되는데, 심지어는 본인들이 직접 기자에게 소식을 전달해 주는 경우도 종종 있었다.

그러니 정보가 늦을 수밖에.

배도빈은 데뷔조차 일본에서 한 데다가 활동 역시 많지 않았다. 대학은커녕 정규 교육과정 또한 받지 않았으니 한국의 클래식 음악계와 연이 있을 리 없었다. 여태 기자들이 그 존재에 대해 모르는 것도 무리는 아니었다.

그러나 분명 센터장이 이렇게까지 난리 법석을 떨어댈 만한 이야기이긴 했다.

우리나라 음악가 중에, 클래식 작곡가로서 이렇게나 성공한 사람은 몇 없었다.

게다가 그의 나이 여섯 살.

김준용 기자는 분한 마음을 삭이며 최병철 센터장의 책상을 훑어보다 기사들의 공통점을 발견했다.

"니가 그러고도 선임이야? 왜 닥치고 있어! 입 다물고 있으면 뭐가 달라져?"

"센터장님, 잠시만."

"닥쳐, 이 새끼야! 뭘 잘했다고 말대꾸야!"

'아니, 말하라며.'

김준용 기자는 화를 꾹 누르곤 침착히 입을 열었다.

"이거 전부 추측성입니다."

"……뭐?"

"아직 인터뷰 딴 곳이 없는 거 아닙니까? 이 사람들도 급했던 겁니다. 밤새 외국 기사들 읽고 썼을 테죠. 보십쇼. 사진도 없고, 인터뷰 내용도 없지 않습니까."

그 말을 들은 최병철 센터장이 신문을 뒤적이기 시작하더니 소리쳤다.

"야! 배도빈 뉴스 보도된 거 있는지 찾아! 당장!"

"예!"

몇몇 사람이 갑자기 분주해지더니.

"없습니다!"

그나마 반가운 소식을 전했고 최병철 센터장이 뭐라 말을 하기도 전에 김준용 기자가 짐을 챙기곤 사무실을 나섰다.

"다녀오겠습니다!"

"김준용이! 너 인터뷰 못 따고 오면 책상 뺄 줄 알아!"

"예~ 예!"

쪼륵- 쪼르르륵-

히무라가 사준 오렌지 주스를 마시고 있는데 이시하라 린이 카페로 들어왔다. 카메라를 들고 있는 남자와 함께였는데, 나를 보자마자 손을 흔들어, 귀찮지만 따라 흔들어주었다.

"안녕, 도빈 군. 많이 컸네?"

"안녕하세요."

"어? 일본 말은 언제 배웠어?"

"잘 못해요. 어려운 건 히무라 아저씨가 통역해 줘야 해요."

"아이구~ 귀여워. 그래. 누나가 천천히 말해보도록 할게. 참, 안녕하세요, 히무라 씨. 도빈이가 너무 반가워서 인사가 늦었네요."

"하하. 주인공은 도빈 군이니까요. 반갑습니다."

히무라가 이시하라 린과 악수를 나누곤 자리에 앉았다.

카메라맨은 불쌍하게도 조금 떨어진 곳에 혼자 앉았다.

"그나저나 축하해요. 피아노와 바이올린을 위한 모음곡이 벌써 17,000장이나 팔렸다면서요?"

"하하. 아무래도 싱글 앨범과 영화 테마곡이 대박이 났으니까요. 다들 도빈 군의 음악을 기다리고 있던 거라 생각합니다."

"현 추세로는 초동 10만 장도 가능할 거라던데. 어떻게 생각하세요?"

"글쎄요. 기다림이 간절했던 만큼 첫날 판매는 좋았지만 시장이 좁아진 건 사실이니까요."

"겸손하시네요. 그럼, 본인의 이야기를 들어봐야겠죠. 도빈 군은 어떻게 생각해?"

말이 빨라서 못 알아들었다. 고개를 돌려 히무라를 보니 웃으며 내게 한국말로 말을 해주었다.

천천히 말해주겠다고 했던 이시하라 린이 머쓱한 표정을 짓는다.

"10만 장이요."

"와. 자신감이 대단한데?"

"그래야 전세금이 나오거든요."

"전세금?"

이시하라 린이 고개를 갸웃하니 히무라가 일본말로 설명을 해주었다. 시간이 조금 걸렸는데, 뭔가 이해하기 어려워하는 눈치지만.

결국에는 내 뜻을 이해한 이시하라 린이 웃고 말았다.

'전엔 울었으면서 지금은 왜 웃는데?'

"아하하하. 아, 너무 웃겨. 도빈 군 정말 여전하네."

"아까는 많이 컸다면서요."

"여전히 귀엽다는 뜻이야. 그래, 부모님과 집을 얻으면 그다음에는 뭐 할 거야?"

"지금 음악 학원에 다니는데 수준이 낮아요."

"응응."

"바이올린 가르쳐 준다고 했으면서 결국엔 아무것도 안 알려주고. 그래서 대학에 갔으면 좋겠어요."

"도빈이는 정말 음악이 좋구나? 기특해~ 하지만 대학에 가기에는 조금 어리지 않을까?"

"대학에 들어갈 때 나이도 봐요?"

"으, 응? 그…… 렇지 않을까?"

"그런 게 어딨어요."

불합리하다. 배움에 어떻게 나이를 기준으로 든단 말인가.

"하하. 아마 도빈 군의 능력을 입증할 수만 있다면 가능할 겁니다. 도빈 군도 너무 걱정하지 마렴."

잔뜩 불만을 가졌을 때 히무라의 말을 듣곤 고개를 끄덕였다.

역시 이시하라 린. 사람은 좋지만 뭔가 어리숙하다.

♪

한 시간 정도 인터뷰를 진행한 뒤에도 이런저런 이야기를 나누었다. 이시하라 린은 돌아가는 항공편에 여유가 생겨 정식 인터뷰가 아닌, 개인적인 궁금증을 물어왔다.

인터뷰를 할 때와 크게 다른 것은 없었다.

"대화야 괜찮지만 이시하라 씨, 지금부터의 이야기는 기사로 실으시면 곤란합니다."

"그럼요. 저 그렇게 못된 사람 아닌 거 아시면서."

"기자분들은 다들 그리 말씀하시더라고요."

그렇게 말한 히무라는 슬쩍 웃으며 이시하라 린의 가슴팍에 눈길을 주었다.

"……치."

이시하라 린이 가슴 주머니에 있는 펜을 꺼내더니 뭔가를 꾹 눌렀다.

"자, 됐죠?"

"네. 되었습니다."

무슨 대화를 하는지, 무슨 뜻인지 알 수 없다.

나는 오렌지 주스를 한 잔 더 주문했고, 그것이 오기를 기다리며 이시하라 린과 대화를 나누었다.

"도빈 군, 대스타가 된 기분은 어때?"

"대스타?"

"응. 음악인들 사이에선 벌써 엄청 유명해졌다구. 특히 '가장 큰 희망'은 완벽하다고 다들 난리던데?"

"모르겠어요."

처음 듣는 말이다.

"흐음. 히무라 씨, 어떻게 된 거예요? 본인이 이렇게 모르고 있어도 되는 거예요?"

"아뇨. 그렇지는 않죠. 일본 방송국에서도 연락이 왔으니 아마 도빈 군도 슬슬 체감할 수 있을 것 같습니다. 실은…… 내부적으로는 아무래도 도빈 군에 대한 정보가 부족하기 때문에 인지도 상승이 더딜 거라 예상하고 있었습니다. 그 부분에 대해서는 저희도 인지하고 싱글 앨범 이후로 여러모로 노력 중이고요."

"그런가요. 저도 의아하게 생각하고 있었어요. 도빈 군이 생각보다 한국에서는 유명하지 않더라고요. 미국에서도. 일본에선 완전 대스타지만."

"하하. 음……. 보통은 한 단계씩 밟아 오르기 때문에 일이 이 정도 진행되면 적어도 본인 주변에는 이야기가 퍼지는 게 일반적이죠. 다만 도빈 군에게는 그러한 환경이 없다 보니 정보도 적을 수밖에 없었을 겁니다. 그 예로 일본에서는 홍보를 진행한 만큼 성과가 있지 않았습니까?"

"한국 활동에 대해서는 어떻게 생각하세요?"

"이번 정규 앨범은 한국에도 발매할 예정입니다. 유통사도 찾았고 며칠 뒤면 온라인 쪽과 함께 공개될 거예요. 홍보 방식에 대해서도 준비해 놓은 게 있고요. TV 출연 같은."

"엑스톤, 프로모션 부재로 천재 음악가의 불화! 라는 타이틀을 쓰기는 어려울 것 같네요. 기삿거리는 없어져 아쉽지만 역시 나카무라 씨와 히무라 씨답게 잘 준비하셨네요?"

"하하. 도빈 군과 함께하기 위해 얼마나 노력했는데요. 도빈 군을 홀대할 순 없죠. 누가 뭐래도 지금 엑스톤의 기대주는 도빈 군입니다. 개인적으로, 저는 도빈 군이 사장되는 클래식 업계를 살릴 가장 큰 희망이라 생각합니다."

"아하하. 그거, 혹시 준비한 멘트예요?"

이시하라 린이 잠시 웃었고, 히무라는 멋쩍은 얼굴로 고개를 저었다.

"그럼 역시 가장 궁금한 건, 죽음의 유물 2부. 도빈아, 역시 이번에도 참가하는 거니?"

"네. 사카모토 료이치가 준비해 달라고 했어요."

"개런티는?"

"이시하라 기자님."

"헤헤. 그냥 물어본 거예요."

물어본다고 알려줄 생각은 없었지만 히무라가 알아서 이시하라 린의 질문을 막아주었다.

이시하라 린도 굳이 끝까지 물을 생각은 없었는지 곧 말을 돌렸다.

"그리고…… 아마 계약 기간이 아마 올해까지였죠?"

"이거, 이시하라 씨가 날카로운 건 알았지만 그런 것까지 체크했을 줄은 몰랐네요. 도빈 군 앞에서는 자제해 주세요. 혹시나 오해할 수도 있으니까요."

"그럼 다음에도 독점, 아니, 가장 먼저 인터뷰 자리 부탁드릴게요."

"아무렴요."

자기들끼리 뭐라 말하는지.

때마침 나온 오렌지 주스를 마시며 창밖을 보는데, 비가 내리기 시작한 모양. 사람들의 발걸음이 빨라지기 시작했다.

역시나.

이내 장대비가 쏟아진다.

"참, 도빈아. 너 팬 모임 생긴 거 아니?"

"팬?"

"그래. 도빈이 좋아하는 사람들이 모여 만들어졌는데 회원

수가 벌써 5천 명이 넘었대. 여기, 사이트도 생겼어."

이시하라 린이 내게 핸드폰을 보여주었다.

뭔가 요란스러운 화면이다.

일본 문자를 읽지 못하는 나로서는 알아볼 길이 없으나 어찌 되었든 내 음악을 좋아해 주는 사람이 있다는 건 반갑고 고마운 일이다.

"고맙네요."

"나도 여기 회원인데."

"네?"

"기사에 실릴 사진 말고 따로 몇 컷 정도 찍어줄 수 있을까? 누나 핸드폰으로. 자랑 좀 하고 싶어서."

"그래요. 그럼."

"아이, 귀여워. 자, 그럼 이리 와봐."

이시하라 린이 나를 뒤에서 껴안고 핸드폰을 든 팔을 쭉 폈다. 자연스럽게 고개를 위로 들게 되었는데 민망한 촉감 때문에 빨리 좀 찍었으면 좋겠다.

찰칵- 찰칵- 촤라라라라라라락.

"……."

몇 장을 찍는 거야?

내가 눈을 가늘게 뜨고 불만스럽게 쳐다보자, 이시하라 린이 뻔뻔스럽게도 웃었다.

"아, 이거? 아하하. 원래 이렇게 많이 찍는 거야. 그래야 가장 잘 나온 걸로 올릴 수 있지. 아, 이거 잘 나왔다."

"나 눈 감고 있는데요?"

"도빈이는 원래 귀엽게 생겼으니 괜찮아."

팬 모임에 올릴 사진이라더니 자기가 가장 잘 나온 사진을 찾는 이시하라 린을 보고는 고개를 저었다.

잠시 뒤, 인터뷰와 비공개 인터뷰가 끝났다.

"바이바이~ 잘 지내~"

"바이바이."

이시하라 린을 마중하고 녹음실로 향할까, 집으로 돌아갈까 고민하던 중에 히무라의 핸드폰이 울렸다.

"도빈아, 잠깐만."

내게 양해를 구한 히무라가 전화를 받았는데 조금 놀란 목소리였다.

"네, 어머님. 네. 네? 아……. 일단 제 번호 알려주시면 되겠습니다. 원래 나카무라와 이야기해야겠지만요. 네. 네. 알겠습니다. 걱정 마십쇼. 그럼."

아마 어머니와 통화를 나눈 것 같은데 뭔가 조금 난감하다는 듯 전화기를 보고 있다.

그러기를 몇 초.

곧장 다시 한번 히무라의 전화가 울렸다.

바쁜 모양이다.

내일부터는 일본으로 가서 TV에 출연해야 하기에 오늘은 이만 쉴까 싶은데.

통화를 마친 히무라가 입맛을 다시며 내게 물었다.

"도빈아, 방송사에서 인터뷰를 하고 싶다는데. 할 수 있겠어?"

"또요?"

"응. 방금 어머님이랑 통화했는데 방송국 뉴스 기자가 꼭 한 번 인터뷰하고 싶다고 했대. 어머님은 도빈이가 하라는 대로 하라 하시던데. 어떻게 생각해?"

"인터뷰하면 돈 더 버는 거 맞죠?"

"으음. 완전히 맞는 말은 아니지만, 한국 발매도 얼마 안 남았고 괜찮을 거라 생각하는데."

"그럼 할게요. 짧게."

"그래. 그럼 이쪽으로 오라고 할게."

"그리고 이거 한 잔 더요."

"더? 어머님이 주스 하루에 두 잔 이상 주지 말라 하셨는데."

"이미 두 잔 마셨어요."

"으음. ⋯⋯어머님에겐 비밀이다?"

고개를 끄덕이자 히무라가 종업원에게 다가가더니 '오렌지 주스 한 잔이요. 설탕이나 시럽 들어가나요? 네. 그거 좀 빼주세요'라고 주문했다.

그러기를 얼마간.

한 남자가 비에 잔뜩 젖은 채 카페 안으로 들어왔다. 남자는 대충 몸을 털더니 나와 히무라를 보곤 긴가민가하면서 다가왔다.

"혹시 배도빈 군과 히무라 쇼우 씨이신가요?"

"그렇습니다. 김준용 기자님?"

"네. 반갑습니다. NBC 취재센터의 김준용이라고 합니다. 급하게 오느라 제 꼴이 말이 아니네요. 하하."

알긴 아는 모양.

안쓰러운 마음에 앞에 있는 티슈 통을 그에게 밀어주었다. 티슈 몇 장으로는 감당이 안 될 것 같지만 말이다.

"하하. 고맙다."

김준용이란 사람은 티슈로 얼굴을 슥슥 닦더니 종업원을 불러 따뜻한 커피와 수건 한 장을 주문했다. 그러고는 젖은 몸을 대충 닦아냈고 서둘러 녹음기와 메모지, 펜을 들었다.

"우선…… 도빈 군이라고 불러도 괜찮겠니?"

"네."

"고맙다. 흐흐. 그럼 시작은 간단하게 자기소개 좀 해줄 수 있니?"

"배도빈. 여섯 살. 행운동에 살아요."

유치원에서 배운 자기소개 방법이 마음에 들지 않는 모양

김준용 기자가 멋쩍게 웃더니 질문을 살짝 바꿔 물었다.

"네 살 때부터 음악을 했다고 들었는데. 싱글 앨범을 낸 과정은 어땠어?"

"나카무라 아저씨가 찾아왔어요. 좋은 사람들인 것 같아서 함께했고 도움도 많이 받고 있어요."

"그랬구나. 히무라 쇼우 씨, 나카무라라는 분은 어떤……?"

"엑스톤의 총괄 매니저입니다. 도빈 군과의 계약을 처음 추진한 사람이죠."

"그렇군요. 한데 일본에서는 음…… 어떻게 어린 도빈 군을 찾을 수 있었던 건가요?"

"도빈 군이 만든 음악을 사촌형이 일본 쪽 커뮤니티 사이트에 올려서 말이죠. 원석을 찾은 듯한 느낌이라 최초 발견자와 저 그리고 나카무라가 적극 추진했었습니다."

"커뮤니티 사이트요?"

"네. 니코동이라고."

"아아……."

대화를 나누는 도중에 보면 김준용이란 사람은 나에 대해 정말 아무것도 모른다는 생각이 들었다.

물론 몰라서 인터뷰를 하러 온 것이겠지만 그건 이시하라린도 마찬가지. 적어도 그녀는 조금은 사전에 나카무라나 히무라를 통해 나에 대해 알고 왔던 반면, 김준용 기자는 그러지 않았다.

환경 차이인가 싶기는 한데 정말 아무것도 모르니 답답한 것도 사실이다.

"그랬군요. 그러면 엑스톤이 도빈 군이라는 원석을 발견해 함께하고 있다고 이해하면 될까요?"

"하하. 그렇지만은 않습니다. 직접 만나보니 웬걸요. 음악에 대해서는 저희가 뭔가를 도와줄 수 있다거나 하는 일은 없었습니다. 그나마 사카모토 선생님도 작곡에 대해서는 가르칠 수 없었으니까요."

"사카모토 선생님이라면. 혹시 사카모토 료이치 말씀이십니까?"

"그렇습니다. 아, 그런 정보에 대해서도 처음 접하시나 보네요."

정곡을 찔리니 김준용 기자가 한숨을 푹 내쉬며 말했다.

"사실 한국에서는 정말 갑작스러운 일입니다. 도빈 군에 관련한 기사가 몇 개 나오긴 했습니다만 제대로 된 이야기는 없더군요. '마지막 희망' 역시 설마 한국인이 만든 음악일까, 하는 반응이었으니까요."

마지막 희망?

그런 제목을 지은 곡은 없는데.

혹시나 '죽음의 유물: 1부'에 넣은 '가장 큰 희망'을 말하는 거라면 상당히 무례한 인간이다.

"그렇군요."

그러나 히무라는 고개를 끄덕일 뿐, 여전히 웃고 있다.

"혹시 한국에서의 활동에 대해서는 정해진 게 있나요?"

"아니요. 아직은 없습니다만. 생기게 된다면 연락을 드리도록 하겠습니다."

"아아. 네. 감사합니다."

괜한 티를 내지 않기 위해 굳이 히무라를 본다든가, '며칠 뒤면 한국에서도 발매되잖아요'라고 묻지는 않았다.

히무라가 무슨 생각을 하는지 알 것 같기 때문.

기본적인 정보도 찾아보지 않고 무작정 와서 이것저것 묻는 사람에게 예의를 차릴 필요는 없다고 생각한 것 같다.

무례하다는 느낌을 지울 수가 없었는데, 히무라가 잘 대처하고 있으니 굳이 나설 필요 없겠다.

"아, 김준용 기자님. 죄송하지만 내일부터 도빈 군 스케줄이 또 잡혀 있어서요. 보시다시피 도빈 군이 아직 어리기에 휴식이 보장되어야 합니다."

"그럼요. 그럼 마지막으로 내일 스케줄이라 하시면……"

"이번에 낸 정규 앨범 관련한 일입니다. 오늘 이렇게 무리해서 찾아와 주셔서 감사합니다."

"아닙니다. 당연히 찾아왔어야죠."

"감사합니다. 그럼 또."

"아, 네. 저……."

히무라는 김준용 기자와 인사를 서두르곤 나를 데리고 카페를 벗어났다. 차에 탔을 때도 히무라는 평소와 다름없이 행동했다.

"잘했어요, 히무라. 나 그 아저씨 싫었어요."

"……눈치챘구나? 도빈이가 눈치챘으면 그 사람도 알았을 텐데. 나중에 전화 한번 해야겠네. 도빈아, 기자를 적으로 두면 안 돼. 방금처럼 무례한 사람이 있어도 적당히 상대해 줘야 해. 그리고, 그런 일은 나나 나카무라에게 맡기고."

"응."

기특한 히무라.

돈 벌어다 주는 직업을 가진 사람과 척을 지지 않으려는 노력이 가상하다. 그러기 위해 나를 대신해 주는 그에게 나는 다시 한번 믿음이 생겼다.

월요일 아침.

어머니 그리고 히무라와 함께 일본으로 향했다.

공항에 도착하자 나카무라가 우리를 반겼다. 평소 후줄근한 모습과는 다르게 면도도 하고 차림도 말끔했다.

"오랜만에 뵙습니다."

"안녕하세요, 나카무라 씨."

"안녕하세요."

나와 어머니와 인사를 나눈 나카무라는 히무라와도 가볍게 끌어안아 인사를 대신했다.

내가 일본 말을 조금 익힌 것처럼 나카무라 역시 어색한 발음으로나마 인사 정도는 한국말로 할 수 있게 된 모양이다.

시간을 확인한 나카무라가 미안하다는 듯 고개를 숙였다.

"오늘은 일정이 조금 촉박하네요. 죄송합니다."

"아니에요. 주말이면 좋았겠지만, 제 일정 때문에 많은 분에게 피해를 줄 순 없으니까요. 더군다나 도빈이가 TV에 출연하는 일이기도 하고요."

어머니께서 나를 쓰다듬으며 말씀하셨다.

"감사할 따름입니다. 그럼 이동하시면서 이야기 나누시죠."

"네."

간단히 인사를 마친 뒤 나카무라는 우리 일행을 차로 안내했다. 미국에서 존 리처드가 가져온 차보다는 못했지만 제법 근사해 보였다.

"어머."

"도빈 군을 위해 NHK에서 보내온 찹니다."

기분 좋게 올라타자 나카무라의 설명이 이어졌고, 히무라가 그것을 통역해 주었다.

"도빈 군이 출연할 프로그램은 '고고나마'라는 교양 프로그램입니다. 시간은 30분 정도고 촬영은 시부야의 NHK 수도권 방송센터에서 진행될 예정이라 하네요."

"뭐 하면 돼요?"

그것만으로는 이해가 되지 않아 직접적으로 물었다.

"음……. 대본이 오긴 했는데 아무래도 읽을 수는 없을 테니까. 지금 잠깐 설명해 줄게."

가방에서 대본을 찾은 나카무라가 다시금 설명을 이어갔다.

"기본적인 질문들이네. 부활은 어떻게 쓰게 되었는지, 어린 나이에 어떻게 그런 음악을 만들 수 있게 되었는지. 사카모토 선생님과는 어떤 사이인지 정도?"

뭔가 이시하라 린도, 김준용 기자도 지금 NHK라는 곳도 비슷한 것만 물어보는 기분이었다.

"혹시 예능 같은 건가요?"

어머니도 궁금하신 게 있는지 입을 여셨고.

"하하. 그렇진 않습니다. 가벼운 분위기의 교양 프로그램입니다. 사실 일본의 예능은 한국과 정서적으로 거리감이 있어서……. 도빈 군이나 어머님이 불편하실 수도 있어 거절하는 중입니다. 또, 도빈 군의 이미지에도 맞지 않고요."

"다행이네요."

나카무라의 답변에 안도하신 모양이다.

"그 외에…… 도빈 군에게 연주를 요청하기도 했는데, 혹시 바이올린 가져왔니?"

"네."

"다행이다. 도빈 군이 녹음에 직접 참여했다는 이야기를 듣곤 요청하더라고. 어려울 수도 있다고는 말해두었는데, 괜찮을까?"

"어려울 것 있나요?"

"하하. 생방송이고 사람들이 많이 볼 테니 긴장할 수도 있다고 생각했지."

"사람이 많으면 더 좋아요."

열 살 무렵부터 공연을 하고 다닌 내게는 무대가 곧 삶이었다. 긴장이라니.

청중은 많을수록 좋다.

"도착하면 리허설을 간단히 진행한 뒤에 곧장 촬영에 들어갈 겁니다. 생방송이라서 시간을 맞춰야 하기에 대기 시간이 생기거나 급하게 움직이게 될 수도 있고. 이 점은 어머님께서도 알고 계셔주세요."

"네. 몇 시에 시작인가요?"

"1시 25분부터 55분까지입니다."

"도빈이 배가 고플 텐데……."

"하하. 촬영이 끝나면 곧장 식사할 수 있도록 준비해 두었습니다."

"카레?"

어머니께서 해주시는 카레도 맛있지만 일본의 카레도 확실히 그 풍미가 있다.

"하하. 아니. 이번에는 가이세키라고 코스로 준비했단다."

뭔지 모르겠지만 일단 카레가 아니라고 하니 실망스럽다. 대충 창밖을 구경하고 있자니 곧 엄청나게 높은 탑이 시야에 들어왔다.

"도쿄 타워야. 곧 도착이네."

히무라의 말대로 곧이어 옅은 갈색 외벽의 기다란 건물이 눈에 들어오기 시작했다. 그것은 'ㄴ'처럼 휘어져 높은 건물을 감싸는 모양이었는데, 이곳이 오늘 방송을 하는 곳인 모양.

새로운 경험을 한다는 생각에 조금은 들뜬 마음으로 차에서 내렸다.

한 차례 리허설이라는 것을 마치곤 곧장 실제 촬영에 들어가야 했다.

생각보다 리허설을 하는 사람이 많았고, 몇몇이 늦어지는 바람에 시간이 부족했던 터라 히무라와 같이 사회자라는 사람과 간단히 인사를 나누는 정도로 마무리해야 했다.

나카무라는 내가 긴장할까 봐 걱정하는 듯했지만 히무라는 그런 걱정은 하지 말라며 그를 다독였다.

"그래도 생방송인데 문제라도 생기면."

"자네는 아직 도빈 군에 대해 모르는 것 같네. 하하. 도빈 군이 어디 가서 긴장하는 거 봤나?"

"으음."

옳은 말이다.

함께한 시간이 벌써 2년 가까이 된 만큼 히무라는 나에 대해 어느 정도 파악한 모양이다.

"배도빈 씨! 히무라 씨! 본방 3분 전입니다!"

"이제 가봐야겠군."

"도빈아, 잘해. 파이팅!"

"파이팅!"

어머니께서 두 주먹을 꼭 쥐곤 위에서 아래로 힘차게 내리셨다.

나 역시 어머니의 응원에 화답하기 위해 똑같이 따라하곤 히무라와 함께 세트장이라는 곳에 올라섰다.

도착하고 나서 쭉 생각했지만 카메라가 정말로 많다. 히무라와 세트장 뒤에 올라서자 요란한 소리와 함께 사회자가 말을 시작했다.

"생방송 오후의 만남! 어느덧 봄이 찾아왔습니다. 우에하라 양, 따뜻한 계절이 왔다는 소식만큼이나 반가운 이야기가 있다면서요?"

"네. 바로 그제 발매된 음반. 배도빈의 피아노와 바이올린을 위한 모음곡이 출시되었던 소식이죠."

"도빈 군이라면 2년 전 부활로 클래식 차트 1위를 한 세 살 천재 소년을 말씀하시는 거죠?"

"그렇습니다. 2년이 흐른 지금! 도빈 군을 직접 만나보시죠."

뭐라는지 하나도 모르겠다.

히무라가 내게 '나가자'라는 말을 해주지 않았더라면 늦을 뻔했다.

막이 걷히고 무대로 향하자 박수 소리가 크게 울렸다. 그 소리가 울릴 정도였는데 이만한 환대는 참으로 오랜만이다.

"꺄! 귀여워!"

"귀여워~"

이곳에도 내 귀여운 외관을 보고 호들갑을 떠는 무례한 여성들이 있는 모양이다.

대본에서 요청한 대로 인사했다. 어머니께서 예의 바른 모습을 보여줘야 한다고 해서 고개를 꾸벅 숙이곤 입을 열었다.

"안녕하세요. 한국에서 온 배도빈입니다."

"꺄~"

아버지의 표현을 빌리자면 난리부르스다.

방청석이라는 곳에 앉은 여성들이 하도 소리를 지르는 바람에 정신이 없다.

"도빈 군은 아직 다섯 살이라고 알고 있는데 일본말을 잘하는데요?"

"조금밖에 몰라요."

"하하. 그렇군요. 자, 그럼 우선 도빈 군에 대해 알아보는 영상을 보도록 하겠습니다."

'영상?'

사회자의 말이 끝나고 동시에 세트장 정면에 있는 큰 화면을 통해 뭔가가 비치기 시작했다.

[가난은 아무것도 아니었다.]

어머니 아버지께서 보시면 슬퍼하실 문구다. 촬영장에 계신 어머니를 힐끔 보자 다행히 그 뜻을 모르시는 듯 평소와 같은 모습이다.

[단지 음악에 대한 열정만이 있을 뿐.]

언제 촬영했는지, 내가 엎드려 오선지에 곡을 적고 있는 장면이 나타나기 시작.

이내 여러 문구와 장면들이 나오기 시작하더니 정규 앨범의 겉표지로 쓰기 위해 찍은 내 사진이 나타났고.

[전율하라, 내 절규에.]

미친 소리와 함께 영상이 마무리되었다.

도대체 낯이 뜨거워 볼 수가 없다. 내 사진을 걸어두고 저딴 말을 걸어놓은 인간이 대체 누군지 궁금했지만.

"귀여워!"

사람들은 '카와이'라는 말만 반복할 뿐이다.

제정신이 아닌 사람들이 많은 모양.

중년 남성 사회자가 감탄했다는 듯 고개를 끄덕였고, 옆에 앉은 젊은 여성이 슬쩍 대본을 보곤 입을 열었다.

"싱글 앨범, 부활의 판매량 91,381장. 정규 앨범, 피아노와 바이올린을 위한 모음곡이 발매 이틀 차 만에 39,000장을 기록! 그리고 죽음의 유물 1부의 테마곡인 가장 큰 희망의 스트리밍 수 8천만 뷰! 정말 놀라운 수치가 아닐 수 없습니다."

"이야. 클래식곡이 이만한 성적을 올리는 게 일반적인 일은 아니죠? 히무라 씨."

"그렇습니다. 2010년과 2011년 최고의 정통 클래식곡이라 해도 과언은 아니죠."

"하하하! 도빈 군이 얼마나 대단한지 잘 알 것 같습니다. 이런 곡을 만들 수 있었던 동기가 궁금한데. 도빈 군, 어떤가요?"

"악상이 떠오르는데 그걸 악보에 적지 않으면 참을 수 없어요."

"오오."

다들 조금 놀란 반응.

뭔가 일반적인 대화를 하는 것과는 다르다.

반응이 더 크다고 해야 할까.

이들이 이렇게나 과장해서 반응을 하는 것이 성격 차이인지 아니면 방송이라는 특수성 때문인지는 모를 일이나 그리 유쾌한 느낌은 아니다.

가식적으로 보이기 때문.

다음 질문도. 그다음 질문에도 두 명의 사회자와 방청객들은 과한 반응을 보이며 내 심기를 불편하게 했다.

"자, 그럼 마지막으로 도빈 군이 직접 녹음했다는 바이올린 곡 중 하나를 직접 듣는 것으로 마무리하도록 하겠습니다."

직원 중에 한 명이 내 바이올린을 가져다주었고, 이 불편한 심기를 달래기 위해 마음을 다졌다.

저들이 행동이 진심이 아니고 거짓으로 나를 대하고 있다면 진정 놀래어 주면 될 일.

바이올린을 어깨에 받치곤 현을 잡았다.

현대에 와서 가장 큰 변화를 느낀 것은 곡의 전개. 전과 달리 전개가 매우 직관적이고 그만큼 강렬한 멜로디가 주를 이룬다는 점이었다.

속도가 빠른 것도 그중 하나.

보다 자극적인. 보다 직관적인.

나는 그것을 음악이 보다 솔직해졌다고 표현하고 싶다.

그리고 그 감상을 녹인 것인 바로 사카모토 료이치의 전자기타와의 협주를 생각하여 만든 첫 정규 앨범의 마지막 곡.

'밴쿠오의 자손'이었다.

오로지 현을 쥔 왼손 손끝과 활을 쥔 오른손. 그리고 곡을 지을 때의 마음을 담아 음률을 자아내기 시작했다.

몇 개의 송진을 바꿔가며 사용해 본 바. 안드레아의 맑고 경쾌한 느낌이 '밴쿠오의 자손'의 강렬한 멜로디와 어울렸다.

가감조차 없이 곡을 몰아붙인 뒤에 눈을 뜨자.

모두가 입을 벌리고 있었고.

비로소 나는 흡족했다.

♪

NHK의 오후 교양 프로그램 '고고나마'는 3월 7일, 평소보다 근소하게 높은 평균 시청률을 기록했다.

평소와 다를 바 없는 구성이었지만, 단 하나.

다섯 살 천재 음악가 배도빈이 출연했다는 점이 달랐고, 특히 30분 중 바이올린을 연주한 마지막 10분은 최고 시청률 11.3%를 기록하고 말았다(관동 지구 기준).

평일 이른 오후라는 점을 감안하면 놀랄 수밖에 없는 수치였지만, '고고나마'가 세운 기록적인 순간 시청률에 주목하는 사람은 없었다.

대신.

툭-

"……"

식당에서 늦은 점심을 먹는 샐러리맨들이 밥을 먹다 젓가락을 떨어뜨린다거나.

"……어머나. 내 정신 좀 봐."

빨래를 개고 있던 주부가 넋을 놓고 화면을 본다거나.

"홀홀홀."

한가로이 오후를 즐기던 노부부가 흐뭇한 미소를 짓는 등 수많은 일본인이 배도빈의 연주를 듣고 무엇인가에 홀린 듯 그 10분간 모든 행동을 멈추었다.

그것이 천재 음악가 배도빈의 시작이었다.

그날 저녁을 시작으로 각 음반 판매점을 찾는 사람들이 기하급수적으로 늘었으며, 초동 10만 장을 자부하던 엑스톤으로서도 놀랄 수밖에 없는 수치가 나타나고 있었다.

2011년 3월 10일 목요일.

엑스톤 본사 사무실에 한 사원이 허겁지겁 뛰어 들어왔다.

"2, 20만 장 돌파했습니다!"

그 소식에 나카무라를 비롯한 엑스톤의 전 사원이 각자 서로를 끌어안고 비명을 질렀다.

"좋아!"

"그래!"

무려 6일 만에 실 앨범 판매량 20만 장을 돌파한, 2010년대 최대 기록을 세운 엑스톤은 그야말로 축제 분위기였다.

매년 축소되는 클래식 음악계.

이제는 미래가 없어 보였기에 클래식 음악만 하는 사람은 적어도 작곡가 중에는 없어지고 있었다. 그러할 때 마치 보석과도 같은 소중한 천재가 등장하여 엑스톤을 구제한 것이었다.

누구보다도 클래식 음악을 사랑하여 엑스톤을 일본 제일의 클래식 레이블로 만들었던 나카무라에게는 너무나 기쁜 순간이었다.

일이 이렇게 진행되자 그간 배도빈을 향한 나카무라와 히무라 그리고 엑스톤 2팀에 대해 의문을 품었던 경영진 역시 같은 시각, 이와 같은 사실을 전달받고는 쾌재를 내질렀다.

이제 바야흐로 새로운 시대가 도래했음이 분명했다.

나카무라는 서둘러 한국으로 돌아간 그의 오래된 벗이자 동료인 히무라 쇼우에게 전화를 걸었다. 나카무라와 함께, 엑스톤을 이끌었던 그 역시 이 소식을 듣고 반가워할 것이 틀림없었다.

-나카무라!

역시나, 전화를 받자마자 히무라가 다급히 나카무라를 불렀다.

"나왔어! 나왔다고!"

-얼마나 나왔는데 그래? 어서 말해보게!

"20만 장! 초동 20만 장을 돌파했다고! 친구! 도빈 군이 해냈어! 해냈다고!"

잠시간 전화기 너머 그의 동료는 아무런 소리도 내지 않았다.

그러나 나카무라는 히무라 쇼우가 두 주먹을 불끈 쥐었음을 확신했다. 어쩌면 너무 기쁜 나머지 핸드폰을 부서져라 쥐어 전화기가 망가졌을지도 모른다고 생각했다.

그만큼 엑스톤에게, 일본 클래식 음악계에는 이러한 상황이 간절했던 것이었다.

-잘됐네. 정말…… 잘됐어.

"고생했네. 정말 고생했어. 도빈 군에게도 꼭 감사하다고 전해주게. 조만간 엑스톤에서 정식으로 인사를 하러 방문한다는 말도 함께."

-여부가 있겠나.

히무라는 잠시 간격을 두었다.

심상치 않은 분위기에 기쁨에 겨워하던 나카무라는 의아해 물었다.

"왜 그래. 무슨 일 있나?"

-실은…… 한국에서도 2만 장이 팔렸네.

"하. 하하. 하하하하!"

소위 소수 천재의 나라 대한민국. 뛰어난 천재들이 잊을 만하면 튀어나오는 대한민국이었지만, 클래식 음악 시장은 매우 좁았다.

때문에 한국의 뛰어난 음악가들은 대부분 해외에서 활동하였고, 그 빛을 발했다.

그런데 그런 시장에서 첫 앨범이 2만 장이라니.

나카무라는 분명 대한민국에서도 일본과 같은 기적이 일어났을 거라 생각했다.

"이제 성공만이 남았네. 도빈 군이라면 분명 일본과 대한민국, 아니, 전 세계를 놀라게 할 거야."

-그럼. 그렇고말고. 한국에 찾아온다니, 술 한잔할 때를 기다리겠네.

"음! 일정이 정해지는 대로 연락하겠네. 고생했어. 정말 고생했어."

기분 좋게 전화를 끊은 나카무라는 이내 도착한 메일을 확인했다. 그의 스마트폰으로 도착한 메일에는 엑스톤의 대표 도쿠가와의 축사가 담겨 있었다.

[고생했네. 오늘은 마음껏 즐기도록 하게.]

그 문자가 담은 뜻은 하나였다.

나카무라는 고개를 들어 사무실을 향해 외쳤다.

"대표님께서 허락하셨습니다! 오늘은 신나게 달려봅시다!"

"와아!"

"휘이익!"

엑스톤은 그야말로 축제 분위기였다.

다음 날.

"끄으으."

직원들과 함께 새벽까지 달린 나카무라는 점심시간이 지나서야 눈을 떴다. 도쿠가와 대표가 하루 휴가를 주었기에 나카무라는 머리를 벅벅 긁으며 커피포트에 물을 올려놓았다. 속을 달래기 위해서는 매운 컵라면이 제일이었다.

"아빠, 늦잠꾸러기."

그때 나카무라의 딸 나카무라 료코가 주방으로 걸어 나왔다.

나카무라는 씩 하고 웃으며 딸의 머리를 쓰다듬었다.

"그래~ 아빠는 늦잠꾸러기다. 오늘은 유치원 안 갔어?"

"응. 오늘 쉬는 날."

"그렇군."

"아빠 컵라면 먹을 거야? 나두!"

"컵라면은 어른만 먹는 거란다. 기다려 봐. 아빠가 맛있는 오므라이스를 해줄게."

나카무라는 가스 밸브를 열고 프라이팬에 기름을 둘렀다. 그러곤 남은 밥과 야채를 다지고 있는데 때마침 커피포트가 울렸다.

나카무라는 준비해 둔 컵라면에 물을 붓기 위해 커피포트를 들어올렸다.

그 순간.

쿠르르르르릉!

"어, 어?"

"꺄아아악!"

집이 흔들리기 시작했다.

깜짝 놀란 나카무라는 커피포트를 싱크대에 올려놓곤 서둘러 가스 밸브를 잠갔다.

"료코!"

그러곤 심하게 흔들리는 지면 때문에 넘어진 딸을 감싸곤 서둘러 식탁 아래로 들어갔다.

그러나 식탁이 좁은 탓에 그가 들어갈 공간은 없었다.

"아빠아! 아빠아!"

"괜찮아! 괜찮을 거야."

와장창창!

"꺄악!"

"읍!"

그러나 선반에 두었던 그릇들이 떨어지기 시작했고, 그중 하나가 나카무라의 등에 박혔다. 이어 책장에 꽂힌 책들이 무너져 내리기 시작했고, 그가 모았던 LP 앨범들 역시 산산이 부서져 나갔다.

"아빠아아으아앙! 들어와! 들어와아아아!"

"괜찮아. 아빠는 괜찮아."

콰당!

"꺄아!"

이내 선반과 책장마저 넘어졌고, 그중 묵중한 책장이 나카무라의 다리 위로 떨어지고 말았다.

그러나 나카무라는 너무도 놀란 딸을 두고 비명을 지를 수 없었다. 어금니가 닳아 없어질 정도로 꽉 깨물어 고통을 견딘 나카무라는 딸의 눈물을 닦아주며 말했다.

"료코, 저기, 아빠 핸드폰 보이지?"

나카무라 료코는 눈물범벅인 얼굴을 끄덕였다.

"아빠가 지금 움직이지 못할 것 같아. 저기까지 손이 닿겠니?"

료코는 아빠의 말에 크게 고개를 끄덕인 뒤 작은 몸을 움직여 핸드폰을 가져왔다.

"착하다, 우리 료코. 착하다."

"아빠아아."

나카무라는 정신을 바짝 차리곤 서둘러 스마트폰을 보았다.

시간은 오후 2시 47분.

얼마나 흘렀을까.

다시 한번 흔들리기 시작했다.

콰르르릉!

"으헙!"

다시 한번 물건이 떨어지기 시작했고, 어렸을 적부터 지진 훈련을 받았던 일본인인 나카무라마저 지금 무슨 일을 해야 할지 모를 정도로 공포를 느꼈다. 단지 그의 딸만이 그가 제정신일 수 있는 유일한 이유였다.

다행히 한차례 흔들림이 멈추었다.

나카무라는 지푸라기라도 잡는 심정으로 핸드폰으로 라디오를 틀었다. 전파가 잡히는 동안 지진은 잠시 멈춘 듯했고, 핸드폰을 통해 아나운서의 다급한 목소리가 들렸다.

……도쿄 시부야 NHK 수도권 방송센터에서도 감지되고 있습니다. 도쿄 시부야 NHK 수도권 방송센터에서도 감지되고 있습니다. 지진을 감지한 여러분께 전합니다. 침착하십시오. 침착하십시오. 지진이 멈출 때까지.

-떨어진다!

-안전한 장소에 머물러 주십시오. 우선, 머리 위를 주의하십시오. 물체가 떨어질 수 있는 곳을 피하십시오.

그 순간 멈춘 줄 알았던 지진이 다시 한번 더욱 크게 밀려들었다.

콰당탕탕!

"으윽!"

"으아아앙!"

나카무라는 고통으로 인해 끊어질 듯한 정신을 부여잡고 딸을 진정시키며 숨죽여 있을 수밖에 없었다.

♪

-일본 동북부 지역에서 규모 7.3의 지진·해일 경보가 내려

졌고 주민들의 대피 행렬이 이어지고 있습니다.

"……."

일본에서 온 기쁜 소식을 듣고는 다 함께 저녁 식사를 하고 있는데 TV에서 불길한 뉴스가 흘러나왔다.

그 소식을 접한 히무라는 멍하니 TV 화면을 볼 뿐이었고 큰아버지, 큰어머니, 부모님 그리고 배영빈과 나는 놀랄 수밖에 없었다.

화면을 통해 보았을 때도 그 재해의 심각함을 알 수 있었기 때문이었다.

뒤늦게 정신을 차린 히무라는 서둘러 핸드폰을 꺼내 들어 전화를 걸었다.

분명 가족에게 했을 텐데, 히무라는 신호가 끊어질 때까지 기다리다 다시 걸기를 반복할 뿐이었다.

"히무라 씨, 항공편부터 알아보시는 게 어떻겠습니까."

"아."

히무라는 제정신이 아닌 듯했다. 반쯤 정신이 나간 것처럼 행동했고 아버지는 그를 대신해 일본으로 갈 방법을 찾기 시작했다.

"아아……."

그러는 와중에도 TV에서는 잔혹하다 싶을 정도의 화면이 계속해서 반복되고 있었다.

그것을 본 히무라는 이내 절망하고 말았다.

그런 그를 위해 할 수 있는 일이 없었다.

다음 날.

도쿄로 직행하는 항공편이 마땅치 않았던 터라 히무라는 조금 떨어진 곳으로 향한 뒤 육로로 가기로 결정했다.

떠나는 그 순간까지 나는 히무라에게 한마디 위로조차 해줄 수 없었다.

그저 그의 손을 꼭 잡아줄 수밖에 없었다.

히무라가 일본으로 떠나고 며칠 뒤.

한국에서 진행하는 프로그램에 출연하였다.

본래는 앨범 홍보차 히무라와 함께 출연이 약속된 일정이었는데, 어쩔 수 없이 혼자 나가게 되었다.

사람들은 내 바이올린 연주에 열렬히 환호했고 그중에는 진정 나를 기쁘게 해주는 사람도 있었다.

하지만 그러는 와중에도 나는 아직 소식이 없는 히무라와 나카무라에 대해 생각할 수밖에 없었다.

그들이 내게 너무도 소중한 사람들이었기에, 조금이라도 도울 수 있는 일이 없을까 고민하게 되었다. 일본의 상태를 알려주는 뉴스는 TV에서 조금씩 그 빈도가 줄어들었지만, 그 처참한 내용은 연일 심각해졌다.

"엄마, 저 사람들 돕고 싶어요."

"엄마도 그래. 하지만 저기로 가는 건 안 된단다. 너무 위험해."

재해를 맞이한 일본은 방사능이라는 것 때문에 심각히 오염되었다고 한다. 그것이 무엇인지 모르는 나로서는 그저 어머니와 아버지의 말씀에 따를 뿐이다.

이런 작은 몸으로는 아무것도 할 수 없다.

음악으로 지친 그들을 위로한다는 생각은 하지 않았다.

내 음악에 자부심을 가지고 있고, 인류 역사상 가장 위대한 음악가로 인정받고 있으나 저곳에서 연주를 하는 게 그들에게 어떻게 비칠지, 모르지 않는다.

지금 내가 할 수 있는 일은 이뿐이다.

"……엄마, 제 저금 기부해 주세요."

"기부?"

"네. 돈은 또 모을게요. 빨리 집을 사고 싶지만, 지금 저 사람들을 외면하면 제 마음이 너무 불편할 것 같아요. 그 돈, 저 사람들 덕분에 벌었잖아요."

"……."

내 말을 들은 어머니와 아버지께선 말없이 나를 끌어안아

주셨다.

　비록 가난하나 어머니와 아버지께서는 내가 번 돈에 조금도 욕심을 내지 않으셨다. 그러나 사람이라면 한 번쯤 생각이 나게 마련이다.

　힘드니까.

　당장 우리 가족이 어려운데 남을 돕겠다고 나섰을 때 반대하는 것도 이해할 수 있다고 생각했다.

　그러나 두 분의 말씀을 전혀 달랐다.

　"우리 도빈이 다 컸네? 그래. 집은 아빠가 열심히 일하면 되지."

　아버지의 말씀 뒤에 두 분의 미소.

　나는 진정으로 이 두 분의 자식으로 태어난 것에 감사하고 또 감사한다.

　도호쿠 대지진은 너무도 큰 재해였다.

　그러나 이후 후쿠시마 원자력 발전소 사고와 그 사후 피해 누적은 인재였다.

　일본 정부는 사건을 축소화하기에 급급했고 그에 따라 일본 국민들은 고통받을 뿐이었다.

　안타까운 소식을 접한 대한민국의 국민들은 자발적으로 성금을 모으기 시작했다.

돕는 행위에 대해 대한민국에서는 '도와야 한다', '돕지 말아야 한다', '우리나라의 불우이웃을 먼저 도와야 한다' 등 여러 말이 나왔으나.

많은 사람이 인류애적 가치로.

또는 목적을 두고 이웃 나라를 도우려 했다.

그러나 모든 일이 아름답게 풀리지만은 않았다. 대한민국에서 여러 말이 있었던 것처럼 일본에서도 대한민국의 지원을 받을 때 여러 목소리가 나왔다.

고마움을 아는 사람들도 있었으나 눈살을 찌푸리게 하는 반응도 분명 존재했다.

'뭘 믿고 받아?'

'조선 놈들의 도움 따위 필요 없어!'

그러한 일본 내 일부 반응이 대한민국에 알려지면서, 일본을 돕는 행위에 대한 국민들의 반감은 더욱 커져만 갔다.

'은혜를 모르는 인간들.'

역사적 과오를 인정하지 않고, 사과하지도 않는 일본 정부를 증오하던 대한민국 사람들에게는 다시 한번 상처가 되었다.

'이래서 쪽바리 놈들은 안 돼.'

일본 내 몰지각한 사람들을 향한 당연한 반응이었다.

이러한 반일 감정이 더욱 심화되는 일이 있었는데.

국내 유명 식품업체에서 자사 판매 제품을 원조하려 나섰을 때, 일본 정부가 그를 거절하였고 대신 '일본의 식재료를 구매해 주는 것은 받겠다'라는 말을 꺼내면서 여론은 최악으로 치달았다.

호의로 선량한 일본 주민을 도왔던 사람들은 같은 한국인에게 멍청하다며 손가락질을 받았고 일본 정부와 일본 내 정신병자들로 인해 선량한 일본 주민들은 원조조차 제대로 받지 못하는 상황에 이르렀다.

도와주지는 못할망정, 그들은 지금도 고통받는 자국인들에 대한 원조조차 방해한 셈이었다.

"기가 찰 일이지. 쯧쯧."

배영준은 뉴스와 신문을 볼 때면 혀를 찰 뿐이었다.

아버지 배영준과 함께 이러한 상황을 여러 매체를 통해 알게 된 배도빈도 어처구니가 없기는 마찬가지였다.

죄 없이 하루아침에 모든 것을 잃은 사람들.

그들을 돕기 위해 기부를 했건만 일부 몰지각한 인간들로 인해 상황은 이상하게만 돌아갔다.

신분제와 전쟁, 기아가 사라진 바람직한 미래라 생각했던 루트비히 판 베토벤, 아니, 배도빈에게는 적잖은 충격일 수밖에 없었다.

19세 때, 그가 본 대학에서 배웠던 프랑스 혁명의 고결한 정신과 칸트, 실러의 사상들이 이루어진 미래라 생각했건만.

180년 뒤의 현재도 사람들은 멍청했다. 서로를 미워했다.

비록 가난하지만, 첫 번째 삶과 달리 너무도 행복했기 때문일까. 또는 좋은 사람들만 만났기 때문일까.

다시 태어난 이곳을 더없이 사랑하게 된 배도빈은, 여전히 상처받은 사람이 있는 현실에 대해 고민하게 되었다.

대지진 이후로 한 달이 흘렀다.

그간 나는 방송 출연 제의를 받아 몇몇 프로그램에 출연했고, 그 외의 시간에는 녹음실에서 피아노를 친다거나 바이올린을 켜며 시간을 보냈다.

자연스럽게 '베토벤'에 가는 시간이 줄어들었는데, 가끔 가더라도 선생들이 나를 가르치려 하지 않아, 최지훈과 따로 피아노를 치며 시간을 보낼 뿐이었다.

그래도 최지훈과 함께 음악에 대한 이야기를 나누다 보면 시간 가는 줄 몰랐다.

최지훈은 음악에 대한 열정이 내가 본 그 누구보다도 간절했고, 내가 제대로 접하지 못한 '현대 음악'에 대한 그림자라도 보여주곤 했다.

그것이 지금 히무라가 없어 생긴 갈증을 채워주는 유일한 음료였다.

그러는 와중에 한국에서도 나를 알아보는 사람이 생겨났다.

"어머, 네가 도빈이니?"

"꺄. 귀엽다~"

"어머머. 혹시 이 아이 TV에 나왔던 그 천재 아니에요?"

기쁜 일이라 친절히 대했지만 그 빈도가 늘어남에 따라 피로감을 느끼는 것도 사실이었다.

조금씩 지쳐갈 때.

일본으로 향했던 히무라에게서 연락이 왔다.

그날 이후로는 첫 전화였다.

전화를 받은 어머께서는 몇 마디를 주고받으시더니 이내 내게 전화기를 건네주셨다.

"히무라 아저씨야."

고개를 끄덕이곤 전화기를 귀에 댔다.

"아저씨."

-하하. 안녕. 잘 지냈니?

"그럼요. 아저씨는요?"

-하하. 솔직히 잘은 못 지내고 있어. 이것저것 정리할 일이 너무 많거든. 그래도 앨범 수익금은 제대로 정산해 줬단다. 도빈이가 그렇게 바라던 집도 살 수 있겠던걸?

"고마워요."

-고맙긴 무슨. ……도빈아.

"네."

-실은 이번 지진으로 엑스톤이 조금 어렵게 되었어. 시설이 전부 무너져 버렸거든. 창고도. 다친 사람도 많고. ……나카무라 아저씨는 이제 함께하기 어려울 거야.

떨리는 히무라의 목소리를 타고 온 소식이 내 심장을 후벼 팠다.

"나카무라 아저씨가 혹시."

-아아. 그런 건 아니야. 다만 많이 다쳤거든. 나중에 도빈이가 병문안 한번 가주면 좋겠다.

"그럼요. 갈게요."

-고마워. 나카무라도 네가 가준다면 기쁠 거야. 음……. 그리고 당분간 이쪽 일을 수습하려면 한국에는 가지 못할 것 같아. 녹음실은 여전히 사용할 수 있으니 마음대로 사용하고.

"네. 그러고 있어요."

-하하. 다행이네. 아저씨가 최대한 빨리 정리할게. 또 같이 음악하자.

"지금도 기다리고 있어요."

-……그래. 서두를게. 아, 그리고 네 음악이 이 주변에 많이 들려. 전기가 들어오지 않는 곳이 많아서 달리 할 일이 없거

든. 다들 휴대용 CD플레이어로 네 곡을 듣는 것 같아. 정말 큰 힘이 되고 있어.

"……."

-참, 그리고 소포를 보냈는데, 일본의 평론가들이 네 앨범을 듣고 쓴 평론을 추려봤어. 한자가 많아서 도빈이가 읽기엔 어려울 것 같아 옆에 한글로 적어두었으니까 한번 읽어봐. 다른 사람이 도빈이 음악을 어떻게 보는지 보는 것도 분명 공부가 될 거야.

"네."

-…….

"……."

단 한 달 만인데, 히무라의 목소리는 무척 지쳐 보였다. 그가 평소와 같이 행동하려 애쓰는 만큼 가슴이 미어진다.

아들을 잃은 그가 필사적으로 일에 매달리고 있고 그것이 나를 위한 일이라는 걸 아니 감히 고맙다는 말을 쉽게 꺼낼 수 없었다.

더 이상 어떤 말도 할 수 없었다.

"나중에 봐요."

-그래. 또 전화할게.

전화를 끊은 뒤에 한동안 전화기 앞에서 움직일 수 없었다.

며칠 뒤.

아버지, 어머니와 함께 부동산이라는 곳을 찾았다.

본래 두 달 뒤에나 정산되어야 할 앨범 판매 정산액을, 히무라가 무리해서 송금해 준 덕이다.

속사정을 들어보니 경영진의 반대를 무릅쓰고 내 수익을 챙겨준 듯하다.

어머니께서는 히무라를 두고 고마운 사람이라 했는데, 자칫 잘못했다간 내 수입금 지불이 밀렸을지도 모른다고 하셨다.

그래서는 안 되지만 회사 복구를 우선시하여 정산액을 써버리고, 지급을 미루는 회사도 많은 만큼 나도 부모님도 히무라가 그런 미래를 예상하고 미리 내 몫을 챙겨놓은 거라 생각했다.

엑스톤이 사실상 경영악화로 인해 인수되었단 이야기를 전해 들은 것은 그로부터 좀 더 뒤의 일.

히무라의 선택이 없었더라면 정산액조차 제대로 못 받을 뻔했던 것이 사실로 드러났고 무너진 회사 안에서도 어떻게든 내 돈을 지켜준 히무라와 나카무라에게는 감사할 따름이었다.

그리하여 나는 60,360,300엔(세전)을 얻었고.

우리 가족만이 살 집을 얻을 수 있었다.

"이곳으로 괜찮으시겠습니까?"

"도빈이는 어떠니?"

"좋아요. 해도 잘 들고. 엄마, 이 방은 제 방으로 써도 돼요?"

"그럼. 누구 집인데."

"이 방 도빈이 방으로 쓰려면 방음을 해야 할 텐데. 도빈아, 여기서 피아노도 칠 거지?"

"그러면 좋겠어요."

"그래. 이사하기 전에 아빠가 도빈이가 마음껏 음악할 수 있게 방음처리 해줄게."

믿음직스러운 아버지를 보며 웃었다.

"그럼, 잘 부탁드립니다."

"별말씀을요. 저야말로 감사합니다. 저도 아예 이민을 가게 되어 급하게 처분해야 했거든요. 짐도 미리 정리했고, 혹시 불편하실까 봐 청소도 해두었습니다."

"그러지 않으셔도 되는데. 감사합니다."

"아, 그럴 일은 없겠지만 혹시나 문제가 생기면 이쪽으로 연락 주세요. 핸드폰 번호도 이메일도 계속 살아 있으니까요."

예전 집주인과 인사를 마친 우리 가족은 처음으로 중국집으로 향했고, 생전 처음 보는 음식을 함께 먹었다.

배가 터질 듯이 먹은 다음에는 다시 한번 '우리 집'을 구경하러 천천히 걸었다.

해가 진 거리에 봄 향기가 가득했다.

"……"

우리는 아무것도 없는 빈집에서 얼마간을 말없이 있었고 결국.

어머니께서 눈물을 흘리셨다.

나는 어머니의 손을 잡아드리려다가, 어머니께서 나를 꽉 끌어안는 바람에 움직이지 못했고 이내 나와 아버지 역시 참지 못하고 눈물을 보이고 말았다.

도빈 군에게.

그간 연락을 못 해 미안하단다. 아저씨에게 여러 일이 있어서 말이지. 그래도 도빈이는 혼자라도 열심히 음악을 하고 있을 거라 생각한다.

얼마 전 사카모토 선생님을 통해 도빈이가 일본에 기부를 했다는 이야기를 들었단다.

부모님과 함께 살 집을 구하기 위해 그렇게 노력했는데, 그 돈이 네게 어떤 의미인지 너무나 잘 알기에 일본인으로서 진심을 다해 감사할 뿐이다.

나 역시 그런 너를 위해 해야 할 일이 있겠지.

네가 보여준 그 따뜻한 마음을 잊지 못할 거란다.

마치 최후의 모습을 보는 듯한 이곳에서 가끔 들리는 너의 바이올린 소리로 너의 손길을 조금이나마 느끼고 있다.

크게 되어라. 네 음악은 희망이다.

히무라가 보낸 소포를 받은 나는 아버지, 어머니와 함께 이사를 준비하는 와중에 쪼그려 앉아 그의 편지를 읽었다.

충분히 슬퍼했지만 그래도 울컥하는 마음은 여전했다.

그러나 언제까지나 애도하고 있을 수만은 없기에 그가 보낸 나머지 물건도 살펴보았다.

며칠 전 히무라가 전화로 말했던 것처럼 현대의 음악 평론가들이 내 첫 정규 앨범에 대해 쓴 감상과 그것을 직접 한글로 옮겨 적은 히무라의 메모장이 있었다.

그것을 꺼내 살피니.

[타루미 토타] ★★★★★

'Dobean Bae 배도빈: 피아노와 바이올린을 위한 모음곡'은 놀라울 정도로 정제되어 있다. 그럼에도 감정을 뒤흔드는 그의 강렬한 멜로디는 잠시나마 내 정신을 음악과 함께하여, 모든 것을 잊게 해주었다.

[우에무라 키하치로] ★★★★★

놀랍다. 과거 수많은 음악가를 통해 더 이상은 없을 거라 생각했건만 배도빈은 새로운 시도 없이 피아노와 바이올린이 아직 발전할 수 있다는 것을 증명해냈다.

[이시와타 야스히로] ★★★★★

지금까지의 음악을 한데 모은 듯하다.

[나카무라 요코] ★★★★★

배도빈의 음악은 구성력에 있다.

강렬한 주제음과 그것을 뒷받침하는 반주가 함께했을 때 이뤄지는 완벽한 하모니에는 감동을 넘어서 경악할 수밖에 없었다. 특히 그가 시도한 기타와 바이올린의 협주곡은 음을 짧게 냄과 동시에 음차의 변화가 확실해 인상적이었다.

하루빨리 그의 다음 앨범이 나오길 고대한다.

제법 그럴듯한 이야기를 써두었는데, 나의 위대함이야 당연한 일.

조금 더 구체적인 칭송이라 흡족하다.

히무라는 이것들 말고도 이것저것 보내주었는데 그중에는 신시사이저의 매뉴얼도 있었고, 주로 내가 배우려 했던 것에 관련한 물건이었다.

"도빈아, 소포 다시 싸야 해. 집에 가서 풀자."

"네."

어머니의 말씀에 히무라의 선물들을 다시 상자 안에 집어넣으려는데, 금빛 종이가 눈에 띄었다.

'이게 뭐지?'

· 10악장 ·

6살, 입장

Berliner Philharmoniker

1st cellist

Seunghee Lee

　나카무라나 히무라가 이 정도 크기의 종이를 가지고 있는
것을 본 적 있다. 아마 명함일 텐데 히무라가 무슨 의도로 이
것을 보냈는지 모르겠다.

　아래에는 전화번호로 보이는 숫자가 적혀 있었고, 메일 주
소로 보이는 것도 있었는데 히무라가 깜빡한 모양인지 이것에
대해서는 설명해 주지 않아 나중에 물어볼 요량으로 따로 챙
겼다.

다음 날.

학원을 마치고 최지훈과 함께 걸어 나오는 중이었다.

"도빈아!"

키 큰 여성이 갑자기 나타나 놀라고 말았다. 자세히 보니 부활의 녹음을 도와주었던 첼리스트 이승희다.

"이승희 누나?"

"기억하는구나? 어머, 얘 더 귀여워졌다."

"……."

여성에게 귀엽다는 말을 하도 들어 이제 익숙해질 만도 한데, 좀처럼 반가운 이야기는 아니다.

"여기는 어떻게 왔어요?"

"도빈이 보고 싶어서 왔지. 실은 내 동생이 여기서 아르바이트를 하거든. 바이올린 가르친다고 하던데."

"아."

이제 보니 이승훈이라는 바이올린 강사와 조금 닮은 느낌이다.

"도빈이에게 할 말도 있고. 히무라 씨가 이야기 안 하셨어?"

"……아."

따로 챙겨두었던 황금색 명함이 떠올랐다. 아마 그게 이승희의 명함인 모양이다.

"못 들었나 보네. 확실히 정신이 없었을 거야. 오늘 도빈이 부모님도 뵈어야 하는데. 집에는 어떻게 가?"

"학원에서 차로 데려다줘요."

"어, 어, 어……."

이승희와 대화를 하고 있는데 최지훈이 드물게 이상한 소리를 냈다. 고개를 돌리니 이승희를 보며 놀란 표정을 짓고 있었다.

"호, 혹시. 베를린 필하모닉의 이, 이승희 첼리스트신가요?"

"어머. 날 알아? 너도 귀엽게 생겼네. 도빈이 친구니?"

"네, 네!"

"반가워. 한국에는 나 아는 사람 많이 없을 줄 알았는데. 너도 음악하니?"

"네! 피아노 배우고 있어요."

실력 있는 연주자라 그런지 최지훈도 이승희에 대해 알고 있는 모양이다.

2년 전에 '부활'을 녹음할 때도 세계적인 첼리스트라고 소개받았던 만큼 최지훈에게는 대단한 사람처럼 느껴지나 보다.

"죄송하지만 혹시 여기에 사인 좀 해주실 수 있나요?"

"그래. 뭐 어려운 일이라고."

이승희가 웃으며 최지훈이 건넨 공책에 사인을 해주곤 그것을 돌려주었다.

최지훈은 그것을 가슴에 끌어안고 황홀한 듯 이승희를 보았다.

어린놈이 조숙하기는.

동경이라기보다는 뭔가 좀 더 원초적인 눈빛이다.

"혹시 집 주소 알아?"

"몰라요."

"그럼 운전하시는 분한테 도빈이 주소 좀 물어보고 올게. 여기서 잠깐 기다리고 있어."

"네."

이승희가 찾아온 이유.

아마 히무라와 무슨 이야기를 나눈 모양인데, 무슨 일인지 도통 알 수 없었다.

"도빈아."

"응?"

"너 이승희 님하고 친해?"

"아니."

"아, 안 친해?"

"친구긴 하지만 친하진 않지."

"그렇구나……."

몇 번 보지도 않았고, 녹음을 도와주긴 했지만 그간 연락을 했던 것도 아니다. 친하다고 하기엔 무리가 있어 대답했더니 최지훈이 뭔가 아쉽다는 듯 고개를 숙였다.

"잘 가. 아, 안녕히 가세요."

"내일 봐."

"그래~ 지훈이도 잘 가렴."

"네!"

최지훈과 인사를 하곤 이승희의 차에 탔다.

이승희는 내가 본 사람들 중에 운전을 가장 괴팍하게 했고, 차라리 비행기를 타는 게 낫겠다는 생각이 들었다.

집에 도착할 무렵에는 진이 다 빠졌다.

"어머, 도빈아 어디 아프니?"

"……아뇨."

다시는 이승희가 운전하는 차에 타지 않을 것이다.

탕탕!

"엄마, 도빈이예요."

"어머. 오늘은 조금 일찍 왔네?"

문을 두드리자 어머니께서 반갑게 나를 맞이하셨고, 내 뒤에 서 있는 이승희를 보곤 놀라셨다.

"어머. 누구시더라……."

"안녕하세요. 일본에서 한 번 뵌 적 있었는데. 이승희라고 해요."

"아! 그때 첼로 연주해 주셨던 분이시네요. 죄송해요, 너무 예뻐지셔서 못 알아봤어요."

"아하하. 감사합니다. 오늘 히무라 씨 부탁도 있고 해서 찾아뵀었어요. 혹시 시간 괜찮으세요?"

"네네. 어서 들어오세요."

"실례하겠습니다."

집에 들어가고 어머니께서 항상 말씀하시듯, 손을 씻고 있는데, 두 사람의 대화 소리가 들렸다.

"이것 좀 드세요."

"잘 먹겠습니다."

"나카무라 씨 이야기는 들었어요. 히무라 씨도 지금 움직이는 게 어렵다고. 무슨 일인가요?"

"실은 엑스톤이 많이 힘든 모양이에요. 이번 일로 사옥이랑 음반 창고가 무너지고, 피해자도 많대요. 이대로는 회사 운영이 어려워질 거라고."

"정말 많은 사람이 피해를 입었네요. 빨리 복구가 되어야 할 텐데."

"그렇죠. 아, 그래서 히무라 씨가 도빈이와 엑스톤의 계약을 파기하는 이야기를 하셨어요."

"네? 그게 무슨……."

"아무래도 지금 엑스톤으로서는 도빈이를 관리해 주기 어려우니까요. 앞으로의 음반 판매조차 어려운 게 현실이라 도빈이를 위해서라도 그렇게 해야 한다고 하셨어요."

"그런……"

"계약서에도 천재지변으로 인해 서비스가 어려울 경우 계약 해지를 할 수 있다는 조항이 있으니 법적으로 문제는 되지 않을 거예요. 히무라 씨도 도빈이의 권리를 지켜주고 싶지만 아무래도 지금은 엑스톤 소속이라 제게 따로 부탁하셨어요. 제가 아는 변호사를 소개해 드릴게요."

"히무라 씨께는 정말 어떻게 감사드려야 할지 모르겠네요."

"네. 정말 좋은 분이죠."

같은 생각이다.

손을 씻은 뒤 어머니 곁에 앉자, 어머니께서 사과 한 조각을 집어 내게 주셨다.

"그게 좋다고 하셨으니 진행해야겠네요. 저는 그런 일에 대해 잘 모르지만 히무라 씨가 한 말이라면 괜찮겠죠. 잘 부탁드립니다."

"네. 앨범 판권 관련해서 몇 가지 사항을 안내해 드릴 거예요. 그리고 그 뒤의 일 때문에 제가 온 건데."

"네."

"실은 그렇게 되면 도빈이의 소속사가 없어지게 돼요. 앨범을 판매할 곳도 없어지게 되어서 그 다리 역할을 해드리려 해요. 단, 추가 계약이 아닌 싱글 앨범 부활과 정규 앨범 피아노와 바이올린을 위한 모음곡에 대한 판매권만을 계약하는 거예요."

"혹시."

"어머님 생각이 맞을 거예요. 당장 도빈이가 만든 곡들을 서비스할 곳을 찾아야 하지만 그렇다고 그 때문에 아무 곳과 계약할 수는 없잖아요. 나중을 위해서라도 일단은 도빈 군이 프리로 있는 게 낫겠다 싶었어요. 사실, 히무라 씨를 생각한 일이기도 하고요. 그분 한 번 쓰러졌다고 해서 포기할 사람 아니거든요."

"네. 저도 그렇게 생각해요."

"그래서 나중에 히무라 씨가 도빈 군과 함께할 때를 생각했던 거예요. 도빈아, 누나 말 이해할 수 있니?"

"네. 저도 히무라 아저씨 기다릴 거예요. 그렇게 하기로 약속했어요."

이승희가 씩 웃었고, 어머니께서 내 머리를 쓰다듬어 주셨다.

"고마워요. 바쁘실 텐데 여기까지 오셔서 이런 말을 해주시고"

"아니에요. 저도 받은 게 있으니까요. 또 바라는 일도 있고요."

"바라는 일이요?"

"네. 여기까지가 히무라 씨에게 받은 부탁인데, 사실 저도 도빈이랑 어머님, 아버님께 부탁드리고 싶은 일이 있어서요."

"네. 말씀해 보세요."

"지금 제가 속해 있는 베를린 필하모닉에 바이올리니스트 자리가 하나 비어 있어요. 실은 제 동생이 도빈이가 다니는 학원에서 잠깐 일하고 있는데, 도빈이 바이올린 이야기를 하더라고요. 너무 좋다고. 저도 신기해서 직접 연주했다는 정규 앨범을 들었는데……. 전 솔직히 지금도 놀라고 있어요. 제가 들어본 그 어떤 연주보다 좋았거든요."

이승희가 손에 들고 있던 포크를 내려놓았다.

"어머님, 도빈이가 베를린 필하모닉 입단 오디션을 보게 해주실 수 있으신가요?"

"그건 혹시……. 물론 합격해야겠지만, 독일에서 살아야 한다는 뜻이겠죠?"

"네. 도빈이라면 베를린 필에서도 데려오고 싶을 거예요."

어머니께서는 잠시 말을 잃으셨다.

그러나 이내 평소의 상냥한 목소리 대신 이승희의 부탁을 단호히 거절하셨다.

"죄송합니다. 이번에 승희 씨가 도빈이를 위해 많이 도와주신 것은 감사하지만 도빈이를 벌써부터 타지에서 살게 할 수는 없어요."

"어리기 때문이겠죠?"

이승희도 이해한다는 듯 고개를 끄덕였다.

"저도 그게 가장 마음에 걸렸어요. 도빈이는 아직 어리니까 부모님과 함께 있을 수밖에 없다고. 그래도 이렇게 무리한 부탁을 군이 꺼낸 건…… 도빈이의 재능이 간절했기 때문이에요."

"제 마음을 이해해 주시는 만큼 제 결정도 받아주시리라 생각해요. 도빈이를 높게 봐주셔서 감사하지만 이 일은 무리에요."

"……네. 어려울 거라 생각했어요. 부담을 드린 것 같네요. 죄송합니다."

"아니에요. 도빈이에게도 좋은 기회라는 걸 알고 있어요. 하지만."

어머니는 안타까운 눈빛으로 나를 보셨다.

아마 나를 자랑스레 생각하시면서도 현실적으로 어린 아들을 내보낼 수 없다고 생각하실 것이다.

나도 이러한 일을 나만의 욕심을 내세워 할 수는 없다고 생각했다.

첫 번째 고향인 독일로 가서 그 역사가 오래되었다는 베를린 필하모닉의 연주자로 활동하는 것은 분명 반가운 일이다. 더욱이 지금의 모국인 대한민국이나 일본보다도, 그곳이 내 정서에 맞을 것이다.

음악을 할 수 있는 환경은 비교할 수 없을 테지.

가고 싶은 의지와 이유는 너무도 많다.

그러나 그럼에도 선뜻 어머니께 내 뜻을 밝히지 않은 것은, 부모님으로서는 받아들이기 힘든 일이기 때문이다.

"그럼, 내일 변호사와 함께 다시 뵙도록 할게요. 여기, 제 명함이에요."

"네. 감사합니다."

"도빈아, 잘 있어. 내일 또 올게."

"네."

현관에서 이승희를 배웅하고는 아쉬운 마음을 달랬다.

그 날 저녁.

어머니께서는 아버지께 오후에 있었던 일에 대해 설명해 주셨다.

아버지도 히무라의 노력과 마음에 대해 고마워하면서 고개를 끄덕였다.

"고마운 사람이지. 처음 계약할 때만 하더라도 의심했는데. 지금에 와서는 다행이란 생각까지 하게 되네."

"저도 그래요. 그나저나 나카무라 씨 병문안은 한번 가봐야 하지 않을까요?"

"그래야 도리지. 도빈이도 가고 싶지?"

"네."

"그래. 한번 알아보자. 그리고……."

아버지께서 조심스럽게 말을 꺼냈다.

"도빈이는 독일에 가고 싶니?"

"여보."

"도빈이 생각을 듣고 싶어서 그래. 도빈이는 어떻게 생각해?"

아버지는 언제나 그런 것처럼 나를 곧은 시선으로 보았다. 나 역시 아버지와 눈을 맞추는데, 거짓을 말하진 않았다.

"가고 싶지만 아빠, 엄마랑 같이 살래요."

"아빠도 도빈이랑 같이 살고 싶어. 이제는 도빈이 덕분에 우리 가족끼리 살 수 있으니까."

"응."

"그렇지만 독일에도 가고 싶은 거지? 음악도 하고 싶고."

무겁게 고개를 끄덕이자 아버지께서 내 머리를 쓰다듬었다.

"여보, 내일 이승희라는 사람 같이 만나자."

"왜요?"

"이야기해 봐야지. 우리 이야기만 했잖아. 도빈이 이야기는 하지 않고."

"그게 무슨."

"베를린 필하모닉에서 도빈이를 원한 거니까. 도빈이의 생각을 전해야 한다고 생각해. 가고 싶지만, 엄마 아빠랑 같이 살고 싶어 한다고."

"그런다고 뭐가 달라질까요?"

"도빈이의 생각을 전하는 게 중요하지. 우리 아들 대단하잖아?"

"여보."

"괜찮을 거야. 나도 도빈이 혼자 독일에 보낼 생각 없어. 절대 그러지 않을 거야."

"……그래요. 그럼."

아직도 뽀뽀해 달라고 하는 아버지지만, 이럴 때는 믿음직스럽다.

어머니의 생각을 이해하지 못하는 건 아니지만 나를 생각해 멀리서 온 이승희에 대한 예의로라도 내 본심을 전하는 게 옳다고 생각했다.

다음 날 찾아온 이승희는 아버지를 보곤 조금 놀란 듯했다. 그러나 이내 고개를 숙여 인사했다.

첫인상은 활달했는데, 부모님을 대할 때는 꽤 얌전하다.

그녀가 매너를 지킬 줄 아는 사람이라는 뜻일 터.

아버지 역시 반갑게 그녀를 맞이해 주었다.

"안녕하세요, 아버님. 이승희라고 해요."

"어서 오세요, 승희 씨. 도빈이 아빠입니다."

거실로 와 자리를 잡은 이승희가 천천히 조심스럽게 입을 열었다.

"아버님까지 뵐 줄은 몰랐어요. 혹시 어제와 다른 이야기를 해주시려는 거라 생각해도 괜찮을까요?"

"네. 이야기는 어제 아내에게 들었습니다. 저와 아내의 입장을 승희 씨께 잘 말씀드린 것 같더라고요."

"아, 네. 그럼요. 충분히 이해할 수 있는 이야기였습니다."

"이해해 주신다니 다행입니다. 실은 이번에는 도빈이의 입장을 말씀드려야 할 것 같아서요."

"네?"

"그렇지, 도빈아?"

조금 당황한 이승희를 두고, 아버지께서 내 등에 손을 얹었다. 그러곤 살짝 떠밀었는데, 마치 솔직하게 말해도 된다고 말씀하시는 것 같이 느껴졌다.

나를 마냥 어린아이로 보는 것이 아니라고 말해주는 듯한.

그런 느낌이었다.

"좋은 제안을 해주셔서 고마워요, 누나."

"어머."

이승희가 조금 기쁜 표정을 지었다. 놀람 반, 기쁨 반이다.

"베를린 필하모닉이 얼마나 대단한 곳인지 알고 있어요. 저도 뛰어난 사람들과 함께 음악을 하고 싶어요. 하지만"

내가 이승희를 바로 보고 있는 것처럼, 그녀 역시 내게서 시선을 피하지 않았다.

그녀의 얼굴에서 놀라움을 가시며, 온전히 기쁜 표정이 되는 과정을 보며 계속해 말을 이었다.

"부모님과 떨어져 살 생각은 아직 없어요. 저는 아직 배워야 할 게 많거든요."

분명 사실이다.

내가 비록 한 평생을 살았다 해도, 전혀 새로운 세상에 적응하는 과정이 없을 수는 없다. 180년이 넘는 시간이 흐른 지금은 너무도 많은 것이 변해 있었다.

일반적인 아이와는 분명 다르지만.

전혀 다른 문화와 사상 그리고 마치 처음 태어난 듯 모르는 것투성이기 때문에 나 역시 새롭게, 나름의 사회화를 거쳐야만 했다.

사카모토나 히무라가 내게 컴퓨터를 이용하는 방법을 추천해 준 것부터가 이미, 이 시대에는 음악을 하는 방법이 그렇게 변했기 때문일 터.

만일 부모님과 배영빈, 나카무라와 히무라가 없었더라면 아마 내 음악을 세상에 제대로 들려주지 못했을 것이다.

어쩌면 정말 긴 시간이 필요했을지도 모른다.

음악을 '녹음'해서 'CD'라든가 '파일'로 파는 것에 대한 생각 자체를 못 했으니까.

일본과 미국 그리고 최근에는 우리나라에서 활동하면서 나는 배워야 할 것이 많고 또 아직은 보호받을 입장이라는 사실을 알 수 있었다.

무작정 내 욕심을 좇아 행동하기에는 현재 나는 부족함이 많으며, 부모님도 아마 같은 생각이실 터다.

부모님이 생각하는 것과 내 사회화 속도에 차이가 있기에 언젠가는 이 두 분을 설득해야 할 시기가 오겠지만 그것이 지금은 아니라고 생각했다.

이러한 내 마음을 모두 전달할 순 없지만, 다행히 이승희는 마지막에 미소를 지었다.

"그래. 도빈이 생각이 그렇다면 어쩔 수 없지. 도빈이 생각 들려줘서 고마워."

이승희가 손을 내밀어 악수를 청했고 나는 그 손을 맞잡았다.

"아."

"응?"

"같이 살 수 있다면 괜찮은 거니?"

"……네."

악수를 나누던 중에 이승희가 문득 이상한 말을 꺼냈고 아버지, 어머니를 보며 물었다.

"혹시 두 분, 독일에 거주하실 수 있다면…… 어렵겠죠?"

"하하하. 아무래도 생활이 있으니까요. 저도, 아내도 되도록 도빈이에게 좋은 환경을 주고 싶지만요. 아무래도 아내야 독일이 익숙할 테지만 저는 아닌지라. 일자리도 여기에 있고요."

"그렇군요. 그랬죠. 아하. 제가 정말 급했나 봐요. 당연한 걸 생각하지 못했네요."

이승희가 나를 얼마나 데리고 가고 싶은지 알겠다만 조금

무리가 있는 이야기다.

"도빈이가 입단한다면 집을 알아보는 거야 가능한 일이니 혹시나 싶어 여쭤봤어요. 충분히 도빈이와 두 분 입장을 이해하는데, 아무래도 제가 미련이 남나 봐요."

이승희도 본인이 무리한 이야기를 꺼냈다는 걸 인지하는 모양이다.

어머니도 아버지도 이곳에 직장이 있으신데 무작정 독일로 함께 갈 수도 없는 법이다.

사실 집안의 생계야 내가 어떻게든 챙길 수 있다지만.

우리 부모님은 6살 아들이 버는 돈만 바라보는 분들이 아니시니까.

"도빈아."

그때 어머니께서 내 손을 잡고 끌어안으셨다.

나는 어쩔 수 없이 어머니께 끌려갔고, 이내 나를 두고 똑바로 보시는 어머니와 눈을 마주쳤다.

"도빈이는 음악이 좋지?"

무슨 뻔한 질문을.

그러나 어머니께서 워낙 진지하셨기에 나는 고개를 끄덕이곤 답했다.

"좋아요."

"음악하다가 힘들면 엄마한테 힘들다고 말하기로 약속할래?"

음악이 편했던 적은 단 한 번도 없다.

음악을 함에 있어 나는 언제나 필사적이다.

이 세상을 살아가기 위한 수단이고, 나의 가치를 알리기 위한 방법이자, 내가 나로서 있을 수 있는 유일한 길이었으니까.

"힘들지 않았던 적은 없어요."

어머니는 물론 아버지 그리고 이승희도 놀란 듯했다.

"음악은 세상에 저를 드러내기 위한 일이에요. 쉬울 수 없어요."

"도빈아."

"하지만 그렇다고 즐겁지 않은 적도 없어요."

내 손을 잡고 있던 어머니의 손.

이번에는 내가 힘을 주어 잡았다.

"저는 음악을 해야 해요. 그러고 싶어요."

세상 역시 이런 나를 기다리고 있다.

일전에 사카모토 료이치가 내게 영화 음악에 대해 설명해 주면서 했던 말을, 이제는 온전히 이해할 수 있다.

'훌륭한 곡은 비로소 그 자리를 찾아야 한다네. 그 위대한 모차르트와 베토벤의 곡이 수백 편의 영화에 사용되었지. 무슨 뜻인지 이해할 수 있겠는가?'

나는 고개를 들어 사카모토 료이치를 올려다보았다.

그의 인자한 표정과 그 올곧은 눈빛으로 그를 신뢰할 수 있었다.

'자네의 음악이 필요한 영화가 있네. 함께해 주게.'

비단 영화뿐만 아니라 이 세계는, 현대는 아직 내 음악을 필요로 하고 있다. 내 음악을 들으며 기뻐하는 사람이 있었고 위로받는 사람이 있었다.

영화와 함께 'die meiste Hoffnung(가장 큰 희망)'을 들은 사람들의 반응을 직접 듣고 또 히무라를 통해 절망에 빠진 이들이 내 음악으로 조금이나마 위로받았다는 이야기를 전해 듣고 깨달았다.

사명감이라고 할 것은 없지만.

내가 음악을 하고 싶은 마음만큼이나 사람들도 내 음악을 듣고 싶어 하니, 그 과정이 어렵다 해서 그만둘 수 있을 리 없다.

힘들다고 그만둘 일이 결코 아니다.

부족하게나마 이제는 그런 생각을 한국말로 표현할 수 있어 다행이다.

"그래서 음악이 힘들다고 말씀드리진 않을 거예요."

말을 마치자 어머니께서 다시 한번 나를 꼭 끌어안으시곤 흐느끼셨다.

"우리 도빈이 기특하다."

눈물이 섞인 그 한 마디에 나는 어머니의 등을 토닥일 수밖에 없었다.

그리고 이내, 눈물을 훔친 어머니께서 아버지께 시선을 주었다.

"여보."

아버지께서는 말없이 고개를 끄덕이셨고.

어머니께서 고개를 돌려 이승희에게 뜻을 전하셨다.

"도빈이와 제가 독일에서 생활할 터전을 마련해 주세요. 또 도빈이와 관련된 일은 모두 제게 확인해 주셨으면 해요."

"……네! 물론이죠!"

그렇게 나와 어머니는 독일로 향하게 되었다.

독일로 가기 위해 준비하는 기간.

아버지 혼자 한국에 남아 있을 생각을 하니 마음이 편치 않았는데, 아버지께서는 괜찮다며 호탕하게 웃으셨다.

"도빈이가 돈 많이 벌어서 아빠 비행기 태워주면 되지?"

"네."

반드시 그렇게 할 생각이다.

나중에 들은 이야기지만, 이때 아버지께선 지금까지 어리게만 봤던 내가 음악을 진지하게 대하는 것을 보곤 더 이상 품

안에 두어선 안 된다고 생각하셨단다.

어머니와 이승희는 이런저런 이야기를 많이 주고받으셨는데, 깜짝 놀랄 일이 하나 있었다.

아버지가 걱정되는 것과는 별개로 독일은 지금 어떻게 변했을까, 내심 기대했는데.

어머니도 조금은 기대하는 눈치를 보이신 것.

"도빈이는 독일 가면 젤 먼저 뭐 하고 싶어?"

"음……. 라인강을 보고 싶어요."

본의 나의 옛집은 라인강 옆에 있었다.

내 어린 시절이 유독 고통스러웠다고는 하나 바이올린과 오르간, 상냥했던 엘레노레, 라인강만은 나를 위로해 주었기에 집 앞에 펼쳐져 있던 아름다운 라인강을 떠올렸다.

"라인강? 그래. 그러자. 참. 베토벤 생가에서도 라인강을 볼 수 있으니 본에 들리는 게 좋겠네. 도빈이도 베토벤의 집에 가 보고 싶지?"

"어……. 네."

내 옛집이 아직도 남아 있다는 말씀이신가?

묘하다.

현대 사람들이 나를 악성이라 부르며 칭송하고 있음은 알고 있었지만, 어머니의 말에 따르면 관광지라도 된 느낌이다.

신기할 따름이었다.

그러던 와중에 문득 생각이 들었는데, 어머니께서 본의 지리를 아시는 듯 말씀하셔서 여쭤보았다.

"엄마, 베트호펜 집 근처에 라인강이 있는 건 어떻게 아셨어요?"

"응? 아. 엄마가 대학을 독일에서 다녔거든. 뒤셀도르프라는 미술대학교인데, 정말 좋은 곳이란다. 하아. 그때는 정말 좋았지. 여행도 많이 하고 다녔는데."

"Kunstakademie Düsseldorf?"

'루트비히 판 베트호펜'의 이름을 쓸 적에도 있었던 대학이다. 놀라지 않을 수 없었다.

그러나 어머니께서는 더 놀란 모양이시다.

"어머? 도빈이도 알아? 어떻게? 어디서 배웠니?"

말씀드릴 수 있을 리가 없다.

"……그냥 혼자 배웠어요."

"흐응."

말도 안 되는 변명을 하곤, 히무라와 나카무라에게 보낼 편지를 마저 적기 시작했다.

독일로 가게 되면 앞으로 더 바빠질 것 같아서 '죽음의 유

물: 2부'에 쓸 음악도 만들 겸, 일본을 방문했다.

사건이 터진 주변은 위험하다고 하고 또 나카무라 매니저가 엑스톤 본사가 있던 이바라키를 떠나 고향인 후쿠오카에 가 있었기에 그쪽으로 향했다.

어머니와 함께 게이트를 통과하니 사카모토 료이치와 그간 통역을 해주었던 누나가 웃으며 환영해 주었다.

"료이치!"

"하하. 잘 지냈는가."

"안녕하세요."

"오랜만입니다, 유진희 씨."

간단히 인사를 나눈 뒤 곧장 나카무라가 입원한 병원으로 향했는데, 거리가 좁혀질수록 마음이 무거워졌다.

듣기로는 이제 더 이상 걸을 수 없는 몸이 되었다고 하는데 그 모습을 어떻게 마주해야 할지 갈피를 못 잡았다.

곧, 큐슈 대학병원에 도착했고.

나카무라가 입원해 있는 병실에 들어섰다. 정말 의외로, 꺄르르 하는 여자아이의 웃음소리가 들렸다.

"나카무라, 도빈이와 유진희 씨가 찾아오셨네."

"나카무라 씨."

사카모토 료이치와 어머니께서 인사를 하자, 내 또래로 보이는 여자아이가 후다닥 나카무라 뒤에 숨었다. 고개만 빼꼼 내

밀고 나카무라에게 찰싹 달라붙어 우리를 관찰하고 있다.

"이런, 선생님. 어머님."

나카무라가 앉은 채로 활짝 웃었다. 그 모습을 보고 우선 안심하여 나도 인사를 했다.

"나카무라."

"그래, 도빈이도 와줬구나. 고맙다. 편지는 잘 받았어."

다가가자 나카무라가 내 머리를 쓰다듬었다. 분명 받아들이기 어려운 상황일 텐데 밝게 웃는 것을 보니 마음이 더욱 무거워졌다.

그러나 당사자가 저렇게 애쓰는데 슬퍼할 수도 없는 법이다.

평소 하던 대로 일 이야기를 꺼냈다.

"죽음의 유물 2부 작업 때문에 들렀어요. 완성되면 꼭 들어주세요."

"히야. 벌써 2부 준비할 때가 되었구나. 저번처럼 늦으면 안 된다? 하하하."

"하하하."

잠시 웃고 정적.

"아, 료코. 인사해야지? 아빠의 선생님인 사카모토 료이치 선생님, 이분은 유진희 씨. 그리고 얘가 바로 료코가 좋아하는 넘치는 기쁨을 만든 도빈이란다."

나카무라의 딸이 수줍게 나와선 사카모토 료이치와 어머니께 고개를 꾸벅 숙였다. 그리고 나와 눈을 마주쳤는데 다시 나카무라의 뒤로 숨어버렸다.

"하하. 딸이 낯을 가려서요. 원래는 밝은 아인데 말이죠."

"귀엽네요. 료코는 몇 살이니?"

어머니의 말을 통역가가 전달해 주자 료코가 손을 쫙 펴보였다.

"다섯 살? 도빈이랑 친구네? 도빈아, 료코랑 잘 지내야 한다?"

내게 또래 친구가 있길 바라시는 어머니는 료코와 나를 어떻게든 같이 놀도록 유도하셨지만, 료코가 마음을 열지 않았기에 이내 포기하셔야 했다.

"그런데 도빈아, 여기서 이러고 있을 시간이 있어? 영화 테마곡도 만들어야 하고, 베를린 필하모닉의 오디션도 본다며."

"그래야죠."

"아저씨라면 괜찮으니 어서 가."

"크흠. 도빈이가 자네 걱정을 얼마나 했는지 모르네. 작업 핑계를 대면서 굳이 오겠다고 했지."

사카모토 료이치가 쓸데없는 말을 했다.

"녀석, 의리 있구나?"

나카무라가 씩 웃으니 나도 모르게 조금은 쑥스러워져 고개를 돌리고 말았다.

방금 병실에 들어올 때 들은 나카무라 료코의 웃음소리와 지금 저 밝은 나카무라의 미소.

큰 재난을 겪었지만 그들이 모든 행복을 잃은 건 아니라는 생각에 잠시 안도한 것은 사실이다.

"멋진 음악을 들려다오. 다리는 다쳤지만 귀는 멀쩡하거든."

"네. 꼭 멋진 곡 들려드릴게요."

그렇게 인사를 마치고 병실을 나서려는데.

"와줘서…… 고마워."

나카무라 료코가 내 등에 대고 말했다.

돌아서서 손을 흔들자 나카무라도 그의 딸도 손을 흔들어 화답해 주었다.

후쿠오카에 있는 사카모토 료이치의 별장에서 이틀간 머물기로 했다.

"알렉스 데스플로가 보면 기절초풍하겠구나."

일정이 빡빡한 편이었기에 나카무라에게 병문안을 다녀온 뒤에 곧바로 악보를 보여주자 사카모토 료이치가 감탄했다.

'죽음의 유물: 1부'에서도 음악 감독을 맡았던 알렉스 데스플로를 언급하면서 혀를 내두르는 사카모토 료이치에게 말했다.

"제목은 용감한 영혼이에요."

시리즈의 마지막을 장식하는 곡인만큼 주인공을 상징하는 제목 'ein mutiger Geist'을 붙여주었다.

"확실히 테마를 잘 잡았네. 어디……."

사카모토 료이치가 바이올린을 들곤 테마를 연주하기 시작했다. 바이올린 독주로 제시한 주제를 훌륭히 연주한 뒤 고개를 끄덕였다.

"훌륭해. 언제나 그랬지만 손을 댈 곳을 찾을 수가 없어. 하하. ……그런데."

"너무 길어요?"

"음. 아무래도."

'ein mutiger Geist(용감한 영혼)'의 연주 길이는 약 20분. 일반적으로 1분에서 10분 사이로 만드는 사운드 트랙에 비해 좀 긴 감이 없지 않아 있었지만 이 곡만으로도 주인공의 일생을 다루고 싶었다.

"알렉스 데스플로가 들어봐야겠지. 나로서는 판단하기 어렵네. 저번처럼 편집되어 삽입될 수 있는 건 알고 있겠지?"

"네. 알고 있어요."

사카모토 료이치가 고개를 끄덕였다. 그러고는 내게 서류 하나를 보여주었다. 아마도 이 곡에 관련한 계약서인 듯하다.

"어머님을 모셔와 줄 텐가."

"그럴게요."

게스트룸에서 쉬고 계실 어머니께 계약서를 쓰는 데 함께해 달라고 말씀드렸다. 테이블에 나와 어머니, 사카모토 료이치와 통역가가 함께했다.

"전과 같은 내용입니다. 저작권은 도빈 군에게 있지만 사용 권은 제작사 측에 있고, 기한은 5년. 이후에는 확인을 통해 연 장이나 해지를 할 수 있어요. 물론 이후에 도빈 군이 원한다면 온전히 가져올 수도 있죠."

"네."

"용감한 영혼에 대한 수입은 매절, 즉 계약서에 명시한 금액 만으로 지급될 예정입니다."

"그럼 얼마나 팔리든 도빈이에게는 추가적인 수입이 없다는 말씀이신가요?"

"그렇죠. 다만 3년 이후부터는 제작사가 유통사를 통해 받 는 수익의 2할을 지급해 드리게 됩니다."

"……이쪽에 대한 지식은 없지만 조건이 불공평하다는 건 알겠어요. 사카모토 씨."

"맞아요. 도무지 도둑놈들 같은 장사치밖에 없는 구조죠. 허허."

"저번 계약에서는 음악 판매 비율이 책정되어 있었던 걸로 기억하는데 이번에 달라진 이유가 따로 있나요?"

사카모토 료이치가 내게 나쁜 제안을 할 리가 없다고 생각했는데, 어머니께서는 계약 조건을 보시고 상당히 꺼리시는 것 같았다.

확실히 음악을 만든 사람이 전체 수익의 극히 일부만 가져 가게 되는 상황을 이해하기는 힘들었다.

"첫 번째는 영화 음악의 수익성이 크지 않다는 점이 문제였습니다. 나름 도빈 군을 위해 애써 넣은 조항이었는데 사실상 유명무실해졌지요. 그래서 그 부분을 조절했고요."

"대신 매절 형태로 수익을 보장해 주는 쪽이 더 낫다고 판단하신 거네요."

"네. 그렇게 판단했습니다."

사카모토 료이치의 말을 들은 어머니께서는 잠시 고민하다 입을 떼셨다.

"사카모토 씨가 도빈이를 잘 대해준 것은 알지만 그런 계약이라면 조심스러워지네요. 좀 더 알아본 뒤에 결정하고 싶어요."

어머니의 말을 통역가로부터 전해 들은 사카모토 료이치가 고개를 끄덕였다.

"이해할 수 있습니다. 신중해야지요. 그럼, 마지막으로 개런티를 보여드리겠습니다."

사카모토 료이치가 두 번째 장을 나와 어머니께 보여주었다. 종이 가운데쯤에 적힌 숫자를 가리켰는데, 눈을 비비고 다시 한번 보게 되었다.

어머니께서도 마찬가지.

"20만 달러. 제작사는 가장 큰 희망을 만들어준 도빈 군에게 감사하고 있습니다. 매절이란 형태가 거부감이 들 수밖에 없지만, 현대 영화 음악에 단 한 곡 참가한 사람에게 주는, 최고의 조건입니다."

사카모토 료이치는 장담을 한다든지, 약속을 한다든지 하는 자질구레한 말은 하지 않았다.

그러나 확실히 그런 생각이 들었다.

'가장 큰 희망'을 만들어주고 받은 돈이 약 천만 원.

20만 달러라 하면 내 기억으로는 2억이 넘는 돈이다.

1년도 지나지 않아 내 곡의 가치를 20배나 높여 부른 제작사. 그리고 그것을 신경 쓴 사카모토 료이치의 진심은 '액수'로 확실히 전달되었다.

놀란 것은 어머니도 마찬가지셨다.

"20만 달러라니……. 실례지만 이미 픽스를 받은 액수인가요?"

"네. 제작사도, 음악 감독인 알렉스 데스플로도 인정한 금액입니다. 아무래도 가장 큰 희망에 대한 평이 좋다 보니 신경을 쓴 모양입니다."

어머니께서는 잠시 고민하시더니 고개를 끄덕였다.

"이런 조건이라면 확실히 매절이라도 받아들일 이야기네요. 도빈이의 노력을 알아주셔서 감사합니다."

"저야말로."

어머니와 사카모토가 이것저것 추가적인 이야기를 나누는 와중에 머릿속으로 스트라디바리우스를 떠올려보았다.

족히 수십에서 수백억 원이라고 하기에 애초에 포기하고 있었는데, 내 몸값이 계속 오르게 되면, 가능성이 없지 않다는 생각이 들었다.

그렇게 행복한 상상을 하고 있을 때, 어머니께서 나를 부르셨다.

"도빈아, 괜찮니?"

잠시 딴생각을 하고 있었기에 무슨 일인가 싶어 어머니를 보자 사카모토 료이치와 함께 작게 웃으셨다.

"이번 죽음의 유물 2부 OST 앨범에, 도빈이 이름이 함께 올라간대."

"……?"

순간 뭔가 싶어 사고가 멈추었다.

사카모토 료이치에게 물었다.

"그럼 전에는 안 들어갔어요?"

"하하. 마지막 트랙의 작곡가로만 표기되어 있었지. 이번에 앨범 전면에 이름을 함께 넣는 건, 알렉스 데스플로 감독의 예우라고 생각해야겠지. 보통은 총감독의 이름만 올라간다네."

뭔가 조금 생색내는 것 같아서 마음에 안 들지만 고개를 끄덕였다.

나와 어머니는 제작사 측의 서명이 이루어진 두 부의 계약서에 공동 서명을 했고, 사카모토 료이치와 각각 한 부씩 챙겼다.

"아, 그리고 이번에는 꼭 감사연 때 함께해 달라고 하더군."

"그렇게요."

"기대하지."

그렇게 독일로 가기 전, 일본에서 해결해야 할 일을 모두 처리했다.

"뭐? 독일로 간다고?"

"응."

최지훈에게 독일로 간다는 말을 꺼내니 눈을 크게 떴다. 어찌나 놀랐는지 평소 얌전하던 녀석이 크게 소리를 낼 정도였다.

"왜? 왜 가는데?"

"베를린 필하모닉에서 와달라고 했어."

"베, 베를린 필하모닉에서?"

"응."

이번에는 소리를 내진 않고 입만 뻐끔댔다. 그러더니 이내 한숨을 푹 내쉬었다.

"나 내일 방송국에 간다고 자랑하려고 했는데. 나도 TV에 나온다고."

"잘됐네."

"그치만 넌 벌써 그렇게 대단한 곳에 갈 정도잖아. 자꾸 나한테 천재라고들 하는데, 진짜 천재는 여기에 있는데. 후우."

"충분히 잘하고 있어."

"……거짓말."

"음. 노력하고 있지."

기껏 위로해 주려고 이 몸이 후하게 평을 해주었는데, 본인이 거짓말이라고 하니 사실대로 말해주었다.

그랬더니 녀석이 땅이 꺼져라 한숨을 내쉬기에 어깨를 툭 쳤다.

"나 때문에 좌절할 거였으면 내 피아노 듣자마자 그랬어야지."

"……맞아."

"그래."

"꼭. 나도 꼭 독일로 갈게."

반드시 독일에서만 음악을 해야 하는 이유는 없지만 그렇다고 하니 일단은 고개를 끄덕여 주었다.

7살, 최지훈의 얼굴이 사뭇 진지했으니까.

"그리고."

"그리고?"

"저, 전화해야 해?"

눈물을 글썽인다.

"그래."

친구가 울먹이며 배웅하는 모습을 보며, 최대한 밝게 웃으며 그를 위로했다.

EI그룹의 최대 매출사인 EI전자의 사장 최우철은 최근 심기가 불편해졌다.

그 이유는 다름 아닌 아들 최지훈과 비교되는 한 천재가 언론의 주목을 받기 때문. 얼마 전부터 대한민국에서도 일본, 미국에서 활동한 천재 음악가 배도빈에 대한 기사가 쏟아지기 시작했다.

'흐음.'

최우철은 배도빈이 출연한 프로그램을 보다 이내 TV 전원을 끄고 생각에 잠겼다.

그는 EI전자라는 대기업을 이끌고 있지만 아들에게 자신의 삶을 강요하긴 싫었다.

그의 아내가 그러길 바랐고, 무엇보다 그 자신이 EI전자의 사장직에 오르기까지 너무나 힘든 일을 겪어야만 했기 때문이었다.

부모에게 항상 최고가 되라고 강요받았던 최우철은 결국 EI전자의 전 사장이었던 장태웅의 비리를 파헤쳤고, 그간 쌓아온 입지를 통해 EI전자를 손에 넣을 수 있었다.

그러나 그 과정이 즐겁지는 않았다.

최고의 자리에 오르기 위한 노력과 그 성과를 손으로 쥐었을 때는 짜릿했지만 '그 길'을 강요받았다는 데에는 항상 아쉬움이 남아 있었다.

하여 아들만큼은 본인이 하고 싶은 일을 할 수 있도록 돕고 싶었다.

다행히 어린 아들에겐 하고 싶은 것이 있었다.

음악.

어렸을 적부터 피아노 치는 것을 좋아했던 최지훈은 아버지 최우철이 보기에도 재능이 있어 보였다. 뿐만 아니라 최지훈의 피아노 연주를 들어본 사람은 모두 하나같이 감탄하였다.

'어린 나이에 대단하네요.'

'정말 재능이 있네요.'

그도 부모인지라 그런 말을 들을 때마다 기분이 좋아졌다.

비록 어리지만 아들이 부유한 환경에서 철없이 크는 게 아니라, 본인이 좋아하는 일에 열중한다는 것도 흡족한 일이었다.

최우철은 그런 아들이 음악을 계속할 수 있도록, 더욱 잘할 수 있도록 누구보다도 좋은 환경을 가꾸어주는 데 힘썼다.

그런데, 어느 날부터인가 아들보다 한 살 어린 아이가 주목을 받는 것이었다. 아들 덕분에 클래식 음악에 관심을 두었지만 처음 듣는 이름이었다.

지표로 드러나는 것만 봐도 아들 최지훈은 비교조차 안 될 정도였다.

처음에는 분명 거짓이라 생각했다. 수많은 천재를 만나봤지만 배도빈의 음악 활동은 다분히 비상식적이었다.

그러나 그의 인력을 통해 따로 알아본 결과 부정할 수 없는 사실이었다.

마음에 들지 않았다.

최고는 아들 최지훈이어야 한다.

'안 될 일이지.'

그의 독점욕과 부성애 그리고 최고가 되고 접할 수 있었던 전율이 한데 얽혀 최우철의 사고를 마비시켰다.

최우철이 인터폰 버튼을 눌렀다.

"김 비서, 이 실장 들어오라 하게."

-네, 사장님.

잠시 후, 지난 몇 년간 그를 보좌했던 이 실장이 최우철의 집무실로 들어왔다.

그는 최우철의 표정을 보곤 직감했다. 최우철의 수족으로 갖은 일을 다 해결했던 이 실장은 이번에도 뭔가 처리할 일이 생겼다고 판단하고 먼저 입을 열었다.

"무슨 일이십니까?"

"방송국 쪽에서 사람 하나 구해보게. 유명한 PD면 좋겠군. 지훈이를 잘 포장해 알려줄 사람으로."

부모는 부모인가.

평소와 같은 '더러운 짓'을 예상했던 이 실장은 의외의 말을 듣곤 고개를 끄덕였다.

최우철이라는 완벽한 배경을 가진 최지훈은 그 음악적 역량도 충분해 보였다. 그런 아들을 도와주고 싶은 마음이야 같은 부모인 이 실장도 이해할 수 있는 일이었다.

그런데.

"그리고 혹시 배도빈이라고 아나?"

"들어본 적 있습니다. 어린 천재라고. 도련님과 같은 학원에 다니는 것으로 알고 있습니다."

"그래?"

"네. 도련님과 각별한 사이라고 최 팀장이 말한 적 있습니다."

최지훈의 운전기사 역할을 하는 최 팀장이 한 말이라고 하니 최우철도 고개를 끄덕였다. 아들과 그런 사이일 줄은 몰랐는데, '적'이 될지도 모르기에 경고를 해줘야겠다고 판단했다.

"그렇군. 그 아이 관련한 언론 보도는 억제하도록 하게. 지훈이 관련 기사 쓸 기자도 적당히 알아보고."

"······네. 조치하겠습니다."

아니나 다를까.

이 실장은 이제 갓 여섯 살 먹은 아이를 견제하는 최우철의 치졸한 요구를 군말 없이 받아들였다. 도덕적으로 아무리 말이 안 되는 일이라도 반드시 이루어주는 것. 그리고 설령 그 일이 마음에 들지 않더라도 감정을 비우고 대답하는 것.

그가 최우철 사장의 최측근으로 살아남을 수 있게 한 처신법이다.

"그만 가보도록."

이 실장은 허리를 굽혀 인사한 뒤 대표실에서 나와 핸드폰을 꺼냈다.

베를린 필하모닉 공식 오디션을 일주일 남기고, 인천 국제공항으로 향했다.

먼저 도착해 있던 이승희가 반갑게 손을 흔들었다.

"안녕하세요, 아버님, 어머님."

"안녕하세요."

"어머니 너무 예쁘시다."

어머니는 평소와 다른 게 없는데, 저런 말을 하는 걸 보면 이승희도 입 발린 말을 참 잘하는 것 같다.

"도빈이도 안녕?"

"안녕하세요."

"표정이 안 좋은데? 아, 아빠하고 떨어져 있기 슬퍼서 그런 거구나?"

"호호. 그건 아닐 거예요. 도빈이가 비행기 타는 걸 별로 안 좋아하거든요."

"어머. 그래요?"

이승희가 쪼그려 앉아 내 앞에 장난감을 보였다.

"누나가 도빈이 주려고 비행기 장난감 사 왔는데. 싫어?"

"그런 거 안 하셔도 되는데."

"……."

"도빈아?"

의아해하는 어머니와 이승희를 두고 아버지에게 갔다. 그러곤 아버지를 꼭 하고 안아드렸다.

"도빈아……."

이승희가 울컥했는지 잠긴 목소리로 나를 불렀고.

나는 나와 어머니를 보내고 이곳에 홀로 계실 아버지를 잠시나마 위로하기 위해 팔에 좀 더 힘을 주었다. 나를 위해 본인을 희생한 아버지가 홀로 있을 생각을 하니 가슴이 아파졌기 때문이다.

"읏샤!"

그러자 아버지께서 나를 번쩍 들곤 나를 올려다보며 씩 하고 웃으셨다.

"엄마 잘 지켜드려야 한다?"

"네."

이 어린 몸은 당황스럽게도 조금만 감정이 동해도 쉽게 눈물을 쏟으려 했기에, 그간 조절해 나가는 중이었는데 나도 모르게 또 울컥하고 말았다.

그러나 아버지께서는 그런 나를 보더니 꽉 끌어안으시곤 머리를 쓰다듬었다. 곧 어머니께서 뒤에서 나와 아버지를 안으셨고, 우리 가족은 한동안 그렇게 못내 남은 아쉬움을 달랬다.

잠시 뒤.

"그럼, 다녀올게요."

"조심하고."

"당신도 밥 잘 챙겨 드시고요."

"걱정 마."

어머니와 아버지가 인사를 나누었고 나는 아버지에게 손을 흔들어주었다. 일이 있어 바로 돌아가야 했기에 좀 더 함께 있지는 못했지만.

아버지는 활짝 웃으셨다.

그래서 좀 더 마음이 아팠다.

체크인과 짐을 부치니 출국 심사는 순식간에 이루어졌고 게이트 앞에서 기다리는 와중에 복잡한 감정을 정리했다.

아버지가 외롭지 않도록 시간적으로든, 경제적으로든 여유를 가져야 한다. 부담을 가져야 한다.

그러나 옛 고향 독일로 향한다는 것에 조금은 설레는 것도 사실이다. 더군다나 세계에서 가장 유명한 관현악단이라는 베를린 필하모닉과 함께한다니.

사실, 나도 내 마음 상태를 잘 모르겠다.

기쁘고 걱정되면서 기다려진다.

"참, 도빈아. 오디션을 볼 곡은 정했니? 미리 알려줘야 해서."

"아니요."

"어?"

"네?"

이승희의 갑작스러운 질문을 받고 의아했는데, 이승희 역시 당황한 모양이다.

"그…… 연습이라든가 하려면 빨리 정해야 하지 않을까?"

연습이라.

"괜찮아요."

하루 종일 바이올린을 켜는 데 따로 연습 같은 게 필요할 리가. 평소에 즐겨 켜던 곡 중 하나를 선보이면 되리라.

확실히 관현악단 입단 심사에 뭐가 필요한지 정도는 생각해 봐도 나쁘지 않을 것 같지만 말이다.

"독주곡이니? 독주곡도 좋지만 협주곡이 좋을 거야. 피아노를 쳐주는 사람이 있으니까."

"친절한 곳이네요."

"보통은…… 그렇지?"

"그러면 베트호펜 바이올린 소나타 F장조로 할게요."

새로운 시작이니까.

'좋은 피아니스트와 함께하면 좋을 것 같은데.'

이승희와 함께 오디션을 볼 때 피아노를 맞춰줄 피아니스트에 대해 짤막하게 소개를 들었다. 20년 이상 피아노를 친 베테랑이라는데, 과연 녹음 파일을 들어보니 괜찮은 피아니스트였다.

그렇게 대화를 나누고 있자니 곧 탑승 안내 방송이 나왔다.

-11시 독일행 비행기에 탑승하시는 고객 여러분께 알려드립니다.

독일은 지금 어떻게 되어 있을까.

그나마 다행인 건 한국이나 일본, 미국과 달리 말이 잘 통하지 않아 생기는 문제는 없다는 점과 얼마나 변화했을지는 몰라도 배영빈이 컴퓨터로 보여준 사진으로 봐서는 크게 달라지지 않았다는 점.

그것만은 안심할 수 있었다.

♪

길을 잃었다.

"음."

베를린 테겔 국제공항에 내린 뒤, 속이 울렁거려 화장실을 찾는 것까지는 좋았는데.

어머니와 이승희가 어디에 있는지 도통 알 수 없다.

이리저리 찾아봤지만 아무래도 중간에서 길이 엇갈린 듯하다. 어디를 봐도 나와의 관계없는 사람들이 지나가고 있을 뿐이다.

'아동 보호소로 가는 게 빠르겠지.'

그래도 말이 통하지 않는 일본이나 미국이 아니었기에 다행이다.

공항 직원으로 보이는 사람에게 도움을 청했다.

"이보시게, 젊은 양반. 길을 잃어 그러는데 여기 아동 보호소가 어디에 있는지 알려주시겠는가. 내 부탁함세."

"……?"

사람이 말을 하면 뭔가 반응이 있어야 할 텐데 공항 직원은 멍청하게 두 눈을 끔벅일 뿐이다.

시끄러워 잘 못 들었나 싶어 다시 한번 말하자 크게 웃는다.

'왜 이래?'

"그래. 길을 잃었구나. 아저씨랑 같이 가자. 데려다줄게."

"고맙게 되었소. 그대는 참으로 친절하구려."

"하하하하!"

일단 데려다준다기에 그의 손을 잡고 따라가고는 있는데, 뭔가 상당히 불쾌했다.

아동 보호 센터에 도착하자 후덕한 여성이 오렌지 주스를 권했다. 감사 인사를 하자 그녀도 나를 안내해 준 직원처럼 큭 큭 대며 웃었다.

잠시 뒤, 어머니와 이승희가 헐레벌떡 문을 열고 들어왔다.

"도빈아!"

"엄마."

주스를 옆에 내려놓고 어머니에게 향했는데 갑작스럽게 달려들어 나를 끌어안으셨다. 걱정을 많이 하신 모양이다.

"엄마, 저 괜찮—"

순간, 어머니께서 나를 무릎에 걸치시곤.

짝!

"악!"

"엄마가 같이 가자고 했지? 그렇게 갑자기 뛰어가면 어떡하니!"

엉덩이를 두 대 때리셨다.

어머니께 훈육이라 하더라도 맞아본 적은 처음이었기에 깜짝 놀랐다. 애초에 엉덩이를 맞아본 적이 몇십 년 만인지 모르겠다.

"엄마, 그게 아니고."

"도빈이 여기서 길 잃으면 엄마랑 다시는 못 봐. 그래도 좋아?"

그럴 리는 없지만 어머니께서 무엇을 걱정하시는 줄 알았기에 고개를 저었다.

그랬더니 어머니께서 다시 한번 나를 꽉 끌어안으셨다. 너무나 서글피 우시는 걸 보니 내 생각보다 더 놀라신 모양이다.

아동 보호 센터의 직원들과 이승희마저 감동스러운 재회에 흐뭇한 표정을 짓고 있다.

"어떻게 된 일인가요?"

이승희가 직원에게 물었다.

"보안 직원이 데려와 주었습니다. 아이도 침착하게 잘 있더라고요."

"그랬군요. 감사합니다."

"감사합니다."

그때까지도 나를 끌어안고 계시던 어머니께서 정신을 차리시곤 날 안내해 주었던 보안 직원에게 인사하셨다.

"아뇨. 아드님께서 독일어를 참 잘하시더라고요. 하하하."

"네?"

"할아버지 같은 느낌이었지만, 어렵거나 지금은 거의 쓰지 않는 말도 쓰고요. 독일에 오래 거주하신 모양입니다. 그렇지? 어린 친구."

"무슨 말씀이신지······."

뭔가 일이 복잡해질 것 같았기에 어떻게 설명해야 하나 고민하는데, 보안 직원이 계속 말을 걸어 어쩔 수 없이 대답했다.

"처음이지만 큰 도움을 받았네그려. 감사하지."

"푸하하하! 그래. 다음에 또 보자. 그럼 저는."

크게 웃은 보안 직원이 문을 열고 사무실을 나섰고, 이승희는 두 눈을 동그랗게 떴다. 아동 보호 센터 직원은 조금 전처럼 큭큭 대며 고개를 저었다.

"도빈아, 너 독일 말은 어떻게······."

가장 놀라신 어머니께서는 말조차 제대로 못 이으셨다. 모른 척 적당히 넘어가는 건 어려울 것 같아 예전에 생각해 둔 변명을 꺼냈다.

"영화 보면서 배웠어요."

"영화?"

"네."

"어머."

이승희가 놀란 듯, 신기하다는 듯 나를 살폈다.

"그러고 보니 일본말도 조금 할 줄 안다고 들었는데. 도빈이 정말 대단하네? 다행이네요, 어머님. 도빈이가 독일에서 적응하는 게 빠르겠어요."

"그렇긴 하지만……."

어머니께서 이상하다는 듯 나를 보셨다. 그러더니 문득 뭔가를 떠올리셨는지 말을 돌리셨다.

"어쨌든 혼자 다니면 위험해. 알겠니?"

"네."

그렇게 독일에서의 첫 번째 날이 소란스럽게 시작되었다.

베를린 필하모닉의 상임 지휘자 빌헬름 푸르트뱅글러는 65세임에도 정력적으로 활동하였다. 그에게 주어진 시간을 철저히 관리했으며 조금이라도 많은 음악 활동을 위해 다른 일에는 조금도 관심을 갖지 않았다.

시가와 위스키만이 그가 즐기는 유일한 취미였다.

그런 그에게 최근 고민이 하나 생겼는데, 도통 마음에 드는 바이올린 연주자가 없었기 때문.

견습 과정을 거친 사람 중에 단 한 명도 빌헬름 푸르트뱅글러의 기준에 부합되는 사람이 없었고, 공개 오디션을 보기도 했으나 소용없는 일이었다.

그러던 와중에 첼로 수석인 이승희가 선물해 준 앨범을 듣고 그는 정말 오랜만에 바쁜 노년을 치유 받는 듯한 기분을 느낄 수 있었다.

'믿을 수가 없군.'

그 역시 작곡가이자 연주자이자 지휘자였기에 배도빈의 '밴쿠오의 자손'을 듣곤 말을 이을 수 없었다.

일렉트릭기타와 함께 연주한 곡이라고는 하지만 배도빈의 바이올린은 그 강렬한 사운드에 조금도 묻히지 않았다. 소리에 대한 완벽한 이해가 없고서야 불가능한 조율이었다.

이러한 곡을 다섯 살 난 아이가 직접 만들어 연주까지 해냈다고 하니, 믿기 어려운 것도 무리는 아니었다.

'사카모토가 극찬했다고 하더니 과연.'

처음에는 사카모토 료이치가 과한 반응을 보인 건 아닌가, 싶었지만 음악으로 증명하고 있으니 푸르트벵글러도 인정할 수밖에 없었다.

세차게 질주하는 이 멋진 곡을 들으면 들을수록 말이다.

'허허.'

단순히 주제만이 매력적인 것이 아니라 곡 전체의 구성에 있어서도 완벽할 따름이었다.

과연 그가 인정하는 몇 안 되는 연주자인 이승희와 세계적인 작곡가이자 그의 오랜 벗 사카모토 료이치가 칭찬할 만했다.

이런 친구가 오디션을 보러 와준다고 하니, 방에서 'Dobean Bae 배도빈: 피아노와 바이올린을 위한 모음곡'을 즐기고 있는 푸르트벵글러로서는 반갑기 그지없었다.

'어쩌면 걱정을 덜 수도 있겠군그래.'

그러나 한편으로는 걱정거리도 있었는데 그것은 현재 공식 오디션의 자리가 '부수석'이었기 때문이다.

그 전까지 부수석을 맡아와 주던 사람이 은퇴하면서 생긴 그 자리를 과연 다섯 살짜리 어린아이가 맡을 수 있을까.

또 단원들이 받아들일 수 있을까.

그런 고민을 하면 마냥 마음을 놓고 있을 수는 없을 것 같았다.

물론 푸르트벵글러는 자신이 결정한 오디션 결과에 대해 이견을 받아들일 생각이 없었다.

기존 평단원 중에서 연차가 쌓였다고 부수석 자리를 내줄 생각은 고려조차 하지 않았다.

오로지 실력.

실력만이 베를린 필하모닉의 수석/부수석 바이올린 연주자로서 있을 수 있는 기준이었다.

그러나 이미 한 차례 치른 오디션 결과는 '수준 미달'.

심지어 현재 베를린 필하모닉의 바이올린 연주자로 활동하는 사람조차 푸르트벵글러의 기준에는 부합하지 못했던 것이다.

'이쯤 되면 부수석을 공석으로 두는 것도 방법이겠군.'

그렇게 생각한 그는, 오늘 독일로 온다는 배도빈을 마지막 희망으로 생각하고 다시금 그의 음악을 감상하는 데 집중하기 시작했다.

독일에 도착하고 이튿날.

볼일을 보러 간 이승희를 두고, 어머니와 함께 본으로 향했다. 기차에서 내린 그곳은 지하철과 달리 곧장 거리가 펼쳐져 있었다.

어머니와 함께 천천히 걷자 곧 익숙한 풍경이 펼쳐졌다.

시간이 흘러 그 흔적이 거의 남지 않았다 해도, 예전의 향수를 곳곳에서 느낄 수 있었다.

뭔가 내 얼굴인 듯한 그림이 여기저기에 걸려 있어서 부담스럽기도 하고.

"도빈아, 저기 봐."

어머니를 따라 시선을 옮겼다.

'저건 또 뭐야.'

후대 사람들이 나를 떠받들어 주고 있다는 거야 대충 알고 있었지만, 예전에 살던 곳에 위치한 청동상을 보곤 할 말을 잃었다.

키 작고 심술 맞게 생긴 남자가 서 있는데.

솔직히 기쁘진 않다.

그렇게 작은 골목으로 들어가니, 잊고 있던 기억이 새록새록 떠오르기 시작했다.

사실 지난 삶에서도 빈에 정착한 뒤에는 집을 찾은 적이 없다시피 했다. 그래서 사실, 본에 있는 집 자체에 의미를 두고 있지는 않다.

어렸을 적의 추억을 함께한 사람들과 라인강이라면 모를까. 어머니의 죽음만이 떠올라 괴로울 뿐이다.

"저쪽으로 가야 했던가? 도빈아, 손."

잠시 사색에 잠겨 있는데 어머니께서 손을 잡으셨다. 고개를 드니 밝게 웃고 계시는데 그 따뜻한 미소에 조금은 기분이 풀어졌다.

'여기를 돌면.'

어머니를 따라 골목을 도니, 큰길 쪽에 당시에도 수수했던, 내가 살았던 그 건물이 보였다.

"도빈이가 좋아하는 베토벤이 저기서 살았대. 한번 들어가 볼까?"

지금도 충분히 감회가 새로워 굳이 들어갈 필요가 있을까 싶었지만 어머니께서 거듭 권하시는 바람에 어쩔 수 없이 이끌려 들어갔다.

내 예전 집에 들어가는데 돈은 대체 왜 내야 하는지.

더군다나 막상 들어오니.

'내 집이 아닌데?'

정확히 말하면 내 집이긴 하지만 분위기가 완전히 다르다.

우선 너무도 깔끔하게 정리되어 있었고.

'그림은 왜 걸어둔 거야.'

나와 그다지 상관이 없었던 사람의 그림도 있고 뭔가 기분이 싱숭생숭하여 보는 듯 마는 듯했다.

'하이든이라.'

사실 그리 좋은 사제관계는 아니었다고 생각하는데, 하이든의 그림을 가져다 놓은 걸 보면 의아하긴 하다.

또……

'저건 또 어디서 찾았대?'

안토니의 초상화가 있었기에 민망하기 그지없었다.

'프란츠 그 친구가 못 본 게 다행이로군.'

대체 내가 죽고 무슨 일이 있었기에 이런 식으로 예전 집을 꾸며놓았는지, 알아봐야겠다는 생각이 들었다.

그러는 와중에 '빈'의 모습을 재현해 놓은 듯한 10호 전시실만큼은 정말 신기했는데, 조금은 무서울 지경이었다.

'대체 무슨 일이 있었던 거야.'

그렇게 당황하면서 슬쩍슬쩍 훑어보는데 어머니께서 말씀하셨다.

"재미없니?"

"아뇨. 그냥요."

재미가 없다기보다는 익숙하지 않다고 해야 하나. 뭔가 내 집에 돌아온 느낌이 아니라서 어색하다는 말이 정확할 듯싶다.

이 건물보다는 주변 경관이 내 향수를 좀 더 자극하고 있었다.

건물에서 나와 어머니와 함께 좀 더 걸었다. 이내 시야가 탁 트였고 강가가 아닌 조금 거리를 두고서도 라인강을 바라볼 수 있었다.

정오의 햇살을 받은 라인강이 그때와 마찬가지로 반짝이고 있었다.

'돌아왔구나.'

저 큰 강을 보고 있자니 비로소 돌아왔다는 생각이 들었다.

공개 오디션을 일주일 남기고, 도빈이가 오디션 준비를 시작했다.

사실, 도빈이의 앨범을 듣는 순간 합격하리라 확신했지만 막상 직접 들으니 그 정도 수준이 아니었다.

이 연주를 과연 말로 표현할 수 있을까?

아마 적어도 내겐 무리라고 생각한다.

도빈이가 연주한 마지막 음이 가슴에 아직 머물러 있다. 그것을 충분히 음미한 뒤에 눈을 뜨자 나도 모르게 손뼉을 치고 말았다.

"이렇게 연주하면 안 되죠?"

그러나 내 박수가 무색하게, 도빈이는 골똘히 생각에 잠겼다.

"아니야, 도빈아. 최고였어."

장담하건대 전 세계 모든 바이올리니스트를 두고 비교한다 해도 도빈이의 독특함은 손에 꼽힐 것이다.

조금 고전적이긴 하지만 곡을 해석하고 그 곡의 감성을 극대화하여 전달하는 데 있어서 나는 이 아이보다 능숙한 사람을 알지 못한다.

지금은 단지 저 작은 체구와 그에 따라 부족한 체력이 아쉬울 뿐이다.

"그럼요. 당연한 말을."

"그래. 최고야."

다른 아이가 말했더라면 연습이나 더 열심히 하라고 했겠지만, 이 자신감 넘치는 아이의 말은 사실이다. 잘난 척하는 게 아니라 정말 본인에 대한 자신감과 실력이 충만하니 나오는 말이다.

그러나 도빈이는 의외의 말을 해 내게 충격을 전해주었다.

"독주라면 괜찮지만 아무래도 오케스트라니까요."

도빈이가 악보를 살피면서 뭔가를 적기 시작했다. 그 모습이 너무나 태연해서 할 말을 잃고 말았다.

오늘 도빈이에게 해줄 말을 본인에게서 들었기 때문이다.

기본적인 연주 스킬은 물론이고 음을 뽑아내는 행위에 능숙한 연주자는 많다. 조금 더 뛰어난 사람은 고난이도의 곡을 완벽하게 재현하는 일도 가능하다.

물론 그 자체로도 대단하지만, 그것은 그저 컴퓨터 흉내를 내는 일에 불과할 뿐이다.

거장에 반열에 들기 위해서는 곡을 이해하고 해석한 뒤 보다 효과적으로 전달할 수 있어야 한다.

도빈이는 이미.

그런 거장의 수준에 도달해 있다.

문제는 관현악단의 연주자로서 그러한 행위는 크게 제약을 받는다는 점.

오케스트라에서 최우선은 독립된 개체인 연주자가 아니라 지휘자다. '오케스트라'라는 악기를 연주하는 지휘자를 따라 움직이는 것이 오케스트라 단원이 가져야 할 소양이다.

그러하기에 그 점에 대해 알려주려 했는데.

저 어린애가 이미 그것을 인지하고 있었던 모양이다.

"누나."

"응?"

"푸르트뱅글러 아저씨의 악보 구해다 주세요."

"악보?"

악보야 구해줄 수는 있지만 도빈이는 아직 외부자다. 무슨 생각을 하는지는 알겠다만 형평성 문제도 있고, 괜한 문제가 될 수 있는 일은 하지 않는 게 좋았기에 웃으며 달랬다.

"악보는 입단한 뒤에 볼 수 있단다. 소중한 악보잖니?"

"네."

다행히 도빈이는 고개를 끄덕여 쉽게 수긍했다.

"그러면 실황 녹음한 것 좀 들려주세요. 되도록 많이."

아마 여러 곡을 들어보고 푸르트뱅글러의 음악 세계를 판단하고자 하는 것 같다.

'귀여운 녀석.'

악단의 악보를 보여주는 일이야 난감하지만 이런 일쯤이야 도리어 부탁받는 쪽이 기쁘다.

"알았어. 내일 정리해서 가져다줄게."

"네."

꼬마 주제에 시크하게 답하곤 다시 바이올린을 잡는 모습이 너무나 귀여워 나도 모르게 도빈이의 연주에 빠지고 말았다.

어느덧 노을이 질 즈음해서야 정신을 차릴 정도로 말이다.

공개 오디션이 사흘 앞으로 다가왔다.

도빈이가 벌써 이틀이나 연습실에 오지 않아 걱정되어 호텔로 찾아갔다. 어머님으로부터 도빈이가 음악을 듣는다고 전해 듣기는 했지만 아픈 건 아닌지 걱정이다.

"어서 오세요."

"안녕하세요. 과일 좀 사 왔어요."

"어머."

정말 아이 엄마가 맞나 싶을 정도로 도빈이의 어머님은 우아하게 아름답다. 선물을 받아들고 환대하시기에 조심스레 물었다.

"도빈이 어디 아픈 건 아니죠?"

"그게……."

어머님의 표정이 안 좋아진다.

혹시 무슨 문제라도 있는 건 아닐까, 걱정이 더욱 커졌다.

"그런 건 아닌데 방에서 나오질 않네요. 잠도 제대로 안 자고 끼니도 걸러서 걱정이에요."

"네?"

"잠깐 들어간 적 있는데 도빈이가 정말 중요한 일이니까 오디션 전까지만이라도 들어오지 말아 달라고 해서요."

"그럼 밥은……."

"식탁에 차려놓으면 가끔 나와서 먹고 들어가는데."

탁-

어머님과 대화를 하는 순간 도빈이가 문을 열고 나왔다. 탱탱하고 생기 넘치던 얼굴이 퀭하게 되어 어딘가 반쯤 넋을 잃은 모습이었다.

"도빈아."

"아."

도빈이가 나와 어머님 그리고 식탁을 보더니 이내 자리를 잡고 앉아 입에 음식을 꾸역꾸역 쑤셔 넣기 시작했다.

오물거리는 것이 마치 살기 위해 먹는 것처럼 보였다. 입에 음식을 물고 있으면서 꾸벅꾸벅 조는데, 귀엽기는 하지만 그보다 안쓰럽다.

이러다가 큰일 나겠다 싶어 물었다.

"도빈아, 잠은 자? 이러다가 큰일 나."

"다 했어요."

"대체 뭘 했는데 그래? 응?"

꾸벅.

대화하는 와중에도 조는 걸 보니 정말 잠도 안 자고 뭔가를 한 모양.

"도빈아, 안 되겠다. 자야 해."

"……네."

보다 못한 어머님께서 도빈이를 이끌고 침실로 향하셨다.

거의 끌려가다시피 했다.

'대체 뭘 했는데 애가 저 지경이 돼?'

너무나 궁금해 도빈이가 있었던 방으로 들어가자.

'세상에나.'

바닥이 보이지 않았다.

어마어마한 수의 악보가 지천에 널려 있었다. 그것만으로도 놀랐는데, 악보를 살피고는 경악할 수밖에 없었다.

'이건.'

말 그대로 악보였다. 내가 추려서 준 베를린 필하모닉의 실황 연주를 그대로 악보로 녹인 것. 깜짝 놀라 여기저기에 흩어진 악보를 취합하자 11개의 관현악곡 악보가 완성되었다.

"설마."

아니, 설마가 아니다. 믿을 수 없는 일이라 나온 말일 뿐이다. 지난 며칠 사이에 연주를 듣고 그대로 악보로 만들었다고 보는 것이 옳다.

그것도 현악부에 국한된 것이 아니라 관악부와 타악부에 이르기까지, 그야말로 악보를 완성시키고 말았다.

그리고 적어도, 관현악기에 해당하는 부분만큼은.

'완벽해.'

정말 완벽했다.

심지어 푸르트벵글러 상임 지휘자의 코멘트마저 표기하는 방식은 달랐지만, 충분히 알아볼 수 있을 정도로 완벽히 녹아 있었다.

복잡한 심경이다.

이게, 단순히 천재라는 말로 설명 가능한 일인가? 나조차 천재라는 말을 많이 들어왔지만, 음악계에 있으면서 정말 대단한 거장들을 봐왔지만, 벽조차 어디에 있는지 모를 기분이 든 것은 이번이 처음이었다.

"승희 씨?"

"아, 네. 어머님."

"차 한잔하실래요?"

김이 나는 머그잔을 앞에 두고 나는 말을 잊고 있었다.

악보를 살펴볼수록 단순히 청음으로 작성했다는 수준을 훨씬 뛰어넘은 느낌이라 충격일 수밖에 없었다.

"도빈이가 안에서 뭘 했나요?"

"……며칠 전에 도빈이가 베를린 필의 실황 녹음본을 들려달라고 했어요. 그래서 몇 곡 뽑아서 줬는데."

"네."

"그걸 듣고 악보를 만든 모양이에요. 아마 지휘자의 성향, 아니, 베를린 필하모닉의 성향을 알아보기 위함이겠죠."

"그게 그렇게 중요한 일인가요?"

"네. 중요한 일이죠. 하지만 보통은……."

보통은 절대 이런 식으로 움직이지 않는다. 입단 오디션을 준비하는 거라 말하기에는 과할 정도다.

"보통은 그러지 않나 보네요."

"네. 참고삼아 연주를 반복해 듣고 나름대로 해석해 보는 건 당연하지만 도빈이처럼 이렇게까지 완벽."

완벽이란 단어를 내뱉고 깜짝 놀랐다.

'완벽.'

그래. 완벽이다.

"완벽하게 준비한 사람은 보지 못했어요."

어머님은 반쯤 식은 차를 손을 꼭 잡은 뒤 입을 열었다.

"도빈이가 대단하긴 한 모양이에요."

"그럼요!"

곧장 고개를 들어 그 말에 긍정했으나, 어머님의 얼굴을 보고선 경솔했음을 탓했다. 미처 몰랐는데 도빈이의 어머니, 유진희 씨 역시 무척 피로해 보인다.

아마, 도빈이가 깨어 있는 동안 걱정되어 그녀 역시 잠을 못이루고 있었던 것이리라.

"열심히 하는 건 부모로서 너무 기특하지만, 저렇게 행동하니 그보단 건강이 걱정이네요."

아이는 없지만, 당연히 이해할 수 있었다.

자식의 성공이 자식의 건강보다 중요할 수는 없을 테니까 말이다.

"후후."

문득 유진희 씨가 웃었다.

"정말 누굴 닮았는지 뻔하다니까요."

"네?"

"도빈이 아빠도 저랬거든요. 유적을 찾는다고 몇 달씩이나 연락도 없이 사라졌다가 갑자기 거지꼴을 하고 와서는 밥 좀 사달라고 했었죠. 바보처럼 웃으면서 말이에요."

"……"

"……그게 멋졌어요. 그런 외골수적인 모습이 말이에요. 독일 유학 시절에 그렇게 가끔 만났는데, 도빈이도 그러네요. 피는 못 속이나 봐요."

"아하하."

"손해 보는 거죠, 뭐."

멀리 침대에 누워 있는 도빈이를 보는 유진희 씨의 눈에는 걱정도 응원하고 싶은 마음도 담겨 있었지만, 그 무엇보다도 아들을 사랑하는 마음이 담겨 있었다.

"도빈이를 많이 사랑하시네요."

"그럼요. 제 아들인걸요."

도빈이의 생각을 들려주겠다고 했던 아버님.

그리고 아들을 깊이 사랑하는 어머님.

그리고 그런 부모님을 끔찍이 아끼는 도빈이까지.

이보다 사이좋은 가족이 또 있을까 싶다.

얼마나 잤을까.

눈을 떠보니 어머니와 함께 나란히 누워 있었다. 베를린 필하모닉에 대해서는 알아봤고, 이제 베를린 필에서 연주자로 활동하는 것은 무리가 없다고 생각했는데.

그런 생각이 들자 졸음이 쏟아지고 말았다.

꼬르륵-

자고 일어나니 배가 무척 고팠는데, 어머니께서 주무시고 계시기에 조용히 일어나 부엌으로 향하자 식탁 위에 과일이 놓여 있었다.

바나나가 있어 하나 까서 먹는데 그 옆에 내가 적어놓은 악보와 쪽지 하나가 눈에 들어왔다.

공부 열심히 했던데?

오디션 꼭 합격하자. 파이팅!

이승희가 적은 모양이다.

언뜻 자기 전에 얼굴을 본 기억이 났다.

'무슨 소리야. 당연히 합격하지.'

들어가서 적응 기간을 단축하기 위해 베를린 필하모닉이 어떤지 알아보고 싶었을 뿐인데, 뭔가 오해를 하고 있는 듯하다.

'내가 아니면 누가 되는데.'

걱정도 팔자다.

· 11악장 ·

6살, 오케스트라에 대해

더위가 점점 무르익어 햇볕이 뜨거운 날이었다.

오디션 당일이라 어머니께 인사를 한 뒤 이승희와 함께 티어가르텐으로 향했다.

"저기야."

이승희가 가리킨 방향으로 고개를 돌리니 요란스럽게 생긴 건축물이 눈에 들어왔다. 누런 외관의 베를린 필하모닉 콘서트홀은 육면체 건물에 익숙한 내게 무척이나 신선했다.

"나중에 홀도 보여줄게. 기대해도 좋아."

외관만큼이나 독특한 모습인 듯, 이승희가 호기심을 부추겼다.

오디션을 보는 장소는 소연습실. 복도를 통해 오디션 장소로 이동하고 있는데, 본래보다 조금 일찍 도착했는데도 사람이 많이 모여 있었다.

"승희."

"하이."

막 소연습실로 들어가려는데 체격이 좋은 갈색 머리 남자가 이승희를 불렀다. 이승희가 한국말로 한숨을 내쉬고 돌아보는 걸 보니 그리 좋은 사이는 아닌 듯하다.

"한스."

"한국에 다녀온다더니, 이 꼬마가 네가 말했던 친구인가보네? 생각보다도 너무 어린데? 괜찮겠어? 하하하!"

한스라는 남자가 나를 내려다보며 말했다.

"그럼. 너보다 훨씬 낫지."

"하하! 농담도. 아무튼, 이번에야말로 부수석이 될 것 같으니 나중에 축하주 한잔하자고. 근사한 곳을 알아두었거든."

그렇게 말한 한스는 다시 한번 나를 내려다보더니.

"이런 아시아 꼬맹이는 빼고 말이야. 젖 좀 더 먹고 와야겠는걸? 하하하!"

신경을 긁었다.

그동안 좋은 사람만 만났는데, 이런 시건방진 인간은 참으로 오래만이다.

"견습 딱지나 떼고 말하지?"

"오오. 이번 기회에 올라가란 뜻인가? 멋진 응원이네."

이승희를 보니 진절머리가 난다는 듯 얼굴을 찌푸리고 있기에 한마디 쏘아줬다.

"건방 떨지 말고 입 다물게. 숙녀께서 싫어하시잖나."

"……뭐?"

"집적거리지 말고 꺼지라 했네."

순간 복도에 있던 모든 사람의 시선이 집중되었지만 신경 쓰지 않았다. 이런 종류의 인간은 가만두면 머리 꼭대기까지 기어오르기에 단단히 일러둔 것.

내가 독일어를 할 줄은 몰랐던 모양인지 한스라는 놈이 당황하여 입만 뻥긋거리고 있는데.

"하하하하!"

웃음소리가 들렸다.

"한스, 어린애한테 그런 말을 들을 정도면 그만하는 게 어때? 이승희 수석에게 그만 집적대라고. 하하!"

그중에서도 크게 웃은 남자가 한스를 비아냥댔고.

"네가 도빈이니? 방금 정말 시원했어. 어쩜 그렇게 독일 말을 잘하니?"

흑인 여성이 다가와 자세를 낮춰 내게 손을 내밀었다.

"배도빈이라 하네. 독일 영화를 보며 배웠지."

"아하핫! 귀여워. 정말 잘하네. 혹시 80년대 영화를 보며 배운 건 아니지?"

'1780년이라면 맞긴 한데.'

"난 제이미라고 해. 반갑다."

"반갑소."

제이미란 여성과 악수를 나누자 한스가 분을 못 이기고 자리를 박차고 가버렸다.

'찌질한 놈.'

혀를 차곤 주변의 환영을 받으며 오디선장으로 들어가는데, 이승희가 내게 엄지를 들어 보이며 한쪽 눈을 감았다.

정해진 대기석에 앉으니 이승희가 한국말로 말을 걸었다.

"혼자 있을 수 있지?"

"그럼요."

"그래, 잘하고. 아, 한스 일이라면 신경 쓰지 마. 워낙 그래서 다들 안 좋게 보고 있는데 마침 잘 쏘아붙여 줬어."

"신경 안 써요."

이승희 내 대답을 듣더니 씩 하고 웃었다.

그렇게 인사를 마치고 이승희가 오디선장을 빠져나갔다.

주변을 살펴보니 표정이 다들 진지하다. 눈을 감고 뭔가를 생각하고 있다든지, 아니면 자신의 악기를 살펴본다. 그러지 않으면 악보를 보기도 했는데, 그 악보에 빼곡히 메모가 되어 있는 걸 보면 확실히 준비를 많이 한 모양.

이승희의 말에 따르면 이미 한 달 전에 전원 불합격 처리되었고, 오늘 오디션 전에도 한차례 단체 심사를 받았다고 한다.

이곳에 모인 스무 명 남짓 되는 사람들은 그 단체 심사를 통과한 사람이라는 뜻. 각오가 남다를 수밖에 없을 것이다.

그럼에도 '단체 심사'를 거치지 않은 나를 신경 쓰지 않고 각자 집중하고 있다는 것은, 나를 경쟁 상대로 여기지 않는다는 뜻이거나, 또는 남을 신경 쓸 시간에 마인드 컨트롤이라도 하겠다는 심정일 터.

너무도 어린 나를 신경 쓰지 않는 것도 이해할 수 있고.

다른 후보를 신경 쓰지 않고 본인 할 일에 충실하다는 것은 높게 평가할 일이다.

저기, 가장 늦게 들어온 한스라는 녀석을 제외하면 말이다.

출석을 불러 모든 사람이 모인 것을 확인하자, 직원으로 보이는 사람이 어디론가 향했다.

'곧 시작인가?'

예상대로 곧 세 사람이 오디션장에 들어섰다. 다들 일어나 그들을 맞이하는 와중에 유심히 그들을 관찰했다. 말끔한 차림의 노인과 금발의 젊은 남자 그리고 단발머리의 여성.

저 노인이 아마 베를린 필하모닉의 상임 지휘자, 빌헬름 푸르트벵글러일 것이다.

'저 사람은 악장인가.'

단발머리의 여성이 곧장 피아노 앞으로 갔기에 금발 남자에 대해서는 악장이라고 추측했다.

'젊은데.'

보통은 관현악단과 지휘자를 잇는 가교 역할을 하니 악장직은 베테랑이 맡는 것이 일반적일 텐데, 생각보다 젊다. 어찌 되었든, 심사석에 자연스럽게 앉는 걸 보니 오늘 심사는 저 두 사람이 보는 것 같다.

"그럼, 1번 참가자를 제외하고 모두 밖에서 대기해 주시기 바랍니다. 1번 참가자, 배도빈 씨."

1번일 줄이야.

다른 지원자들이 우르르 나가려는 도중, 바이올린을 챙겨 앞으로 나가려는데 빌헬름 푸르트벵글러가 손을 들었다.

"잠깐."

의아해 고개를 돌리니 그가 이상한 제안을 했다.

"배도빈 군, 오디션을 할 때 모두 듣게 하고 싶은데, 괜찮은가."

무슨 생각일까.

보통은 방해되니 이러한 요구는 하지 않는 것으로 알고 있다. 적어도 내가 이곳에서 활동했을 적의 관현악단에서는 말이다.

그러나 뭔가 이유가 있을 거라 생각하여, 통역가로 보이는 사람이 말을 하기 전해 먼저 대답했다.

"방해만 없다면 괜찮소."

빌헬름 푸르트벵글러는 조금 놀란 듯했다. 아마 말이 통할 줄은 몰랐던 것 같다. 이승희도 몰랐으니 무리는 아니지만, 좀 전의 제이미나 한스도 그렇고 동양의 어린애가 독일어를 하니 퍽이나 신기한 모양이다.

"좋아. 다들 자리에 착석해 주게. 도빈 군은 준비되면 바로 시작하고."

자리를 잡고 피아니스트와 시선을 마주했다. 온화한 그녀의 얼굴을 보고 미소 지으니 그녀도 화답해 주었다.

이로써 신호는 맞춘 셈.

현을 켜기 시작했다.

'F장조라고?'

일반적으로 생각하기에 오디션을 본다고 하면 본인이 부각 되는 곡을 선정하게 마련이다. 어린, 경험이 적은 연주자일수 록 그런 경향을 강하게 보이는데 당연히 실력을 뽐내기 위한 자연스러운 행동이다.

'이해하고 있어.'

그러나 배도빈이 선택한 베토벤 바이올린 소나타 F장조는 바이올린과 피아노가 완벽하게 하모니를 이루는 곡.

베토벤 시대 전만 하더라도 2중주에 대한 관념은 제대로 없었다. 건반 악기가 반주로만 쓰이든, 현악기가 건반을 보조하든 말이다.

베토벤의 초기 곡에도 이러한 경향이 나타나는데, 그의 바이올린 소나타 F장조만큼은 바이올린과 피아노가 완벽히 조화를 이룬 곡이었다.

빌헬름 푸르트벵글러는 어린 천재 배도빈이 자신의 입장을 확실히 파악하고 있다는 것을 느낄 수 있었다.

'다섯 살부터 이름을 떨친 경우는 없다. 그러니 당연히 생길 선입관을 없애려는 거야.'

말 그대로, 만 다섯 살의 아이가 그런 생각을 했다고 판단하기에는 무리가 따랐다.

너무 고평가하는 것은 아닐까 생각했다.

그러나.

눈앞에서 바이올린을 켜는 배도빈을 보니 그 생각에 확신을 가질 수 있었다.

베테랑 피아니스트를 리드하면서 자아내는 아름다운 선율. 음을 내는 기본적인 행위는 말할 것도 없으며, 곡의 해석 능력 또한 발군이었다.

'맙소사. 믿을 수가 없군.'

스스로도 믿기 어려웠으나.

배도빈의 베토벤 바이올린 소나타 F장조는 빌헬름 푸르트 벵글러가 들어본 연주 중에 최고였다.

마치 베토벤이 다시 태어나 연주한다면 이런 느낌일까.

모두가 다른 연주를 하지만 저 어린 바이올리니스트는 자신만의 색을 보이면서도 피아노와 너무도 조화롭게 노래했다.

'자기만이 옳다고 말하는 것 같군.'

바이올린 소나타 F장조는 이렇게 연주해야 한다고 주장하는 듯했다. 음 사이의 간격에서 느껴지는 여운을 느끼면, 그 부드러운 강요가 강요처럼 느껴지지 않았다.

빌헬름 푸르트벵글러는 이 고전적이면서 독특한 연주에 금방 매료되어 버렸다.

연주를 마치고 충분한 시간이 흘렀음에도 반응이 없다.

여운을 즐길 시간은 충분했을 터인데, 심사관 두 사람도 지원자들도 가만있어 불쾌했다. 오직 피아노를 맞춰준 연주자만이 내게 밝은 미소를 주어 매너를 갖추었다.

그제야 빌헬름 푸르트벵글러가 입을 뗐다.

"수고했네."

"별말씀을."

그렇게 짐을 챙겨서 나오니, 복도에 이승희가 서 있었다.

"어땠어?"

"재밌었어요."

"재미?"

"네. 피아노 쳐준 분이 마음이 잘 맞는 것 같았어요."

"다행이네. 그럼 돌아가기 전에 구경 좀 하다 갈래?"

이승희가 앞서 말했던 홀이 어떻게 생겼는지 궁금해서 고개를 끄덕이는 그때, 오디션장이 소란스러워지더니 문이 열렸다. 그러곤 오디션을 보러 온 사람들이 한 무더기로 우르르 몰려나와 복도를 지나치는데, 나와 이승희는 깜짝 놀라고 말았다.

그들이 모두 빠져나가고 나서야 크게 뜬 눈을 끔뻑이며 오디션장을 살피려 하는데 빌헬름 푸르트벵글러가 복도로 나왔다.

"아, 아직 안 가고 있었구만. 다행일세."

"셰프(Chef)! 무슨 일이에요? 오디션은요?"

나를 대신해 이승희가 나서서 물었고.

"합격이야. 잘 부탁하네, 배도빈 부수석."

"……?"

푸르트벵글러가 손을 내밀어 악수를 청했다.

당황스럽긴 하지만 일단 그의 손을 맞잡았다.

♪

배도빈이 퇴장한 소연습실에는 적막이 흘렀다. 다들 본인이 베를린 필하모닉의 제2바이올린 부수석이 된다고 믿어 의심치 않았다. 오랜 시간 준비해 왔던 만큼, 그리고 일반적인 코스로는 절대로 승진할 수 없는 만큼 이 기회를 놓치기 싫었다.

그러나 폭군이라 불리는 전설적인 상임 지휘자는 까다롭기 그지없었다. 무대를 압도하는 카리스마와 확실한 실력을 갖췄고 더불어 단원들과도 원만한 관계를 나누고 있었지만.

음악에 대한 완고함만은 흔들리는 법이 없어 타협할 줄 몰랐다.

그럼에도 모두 그의 음악적 완벽성을 인정하기에, 첫 번째 오디션에서 전원 불합격이라는 판정이 나왔을 때도 결과에 승복했다.

이후 푸르트벵글러가 지원자 한 명, 한 명에게 코멘트를 남기는 성의를 보였고 지원자들은 지난 한 달간 자신들의 단점을 보완하기 위해 필사적으로 노력했다.

그런데.

그렇게 다시 어렵게 올라온 이 자리에서, 푸르트벵글러가 아시아에서 온 어린아이의 연주를 듣고 한마디 중얼거렸다. 정말 작은 소리였으나 고요한 장내에 안개처럼 깔리는 듯했다.

"Perfekt."

완벽하다는 말.

어떤 사람은 그와 이제 막 1년을 함께했고, 어떤 사람은 그와 십 년을 넘게 베를린 필하모닉에서 연주를 해왔다. 그러나 악장 니아 발그레이 이외의 어느 누구도 빌헬름 푸르트벵글러로부터 완벽하다는 평을 듣지 못했다.

그의 성향을 너무도 잘 알았기에.

지원자들은 충격을 받을 수밖에 없었다.

동시에, 인정하고 싶지 않아 인식하지 않았던 방금 연주를 되새겨 보았다. 아니, 그러지 않아도 이미 알고 있었다. 완벽하게 절제되어 있는 연주 속에서 배도빈이라는 아이는 감정 전달을 놀랍도록 완벽히 해냈다.

수백 번 들었던 베토벤의 바이올린 소나타 F장조였지만 이보다 더 완벽할 수 있을까 싶은 수준이었다.

"다음, 준비되는 대로 시작하게."

이윽고 평가지 작성을 마친 푸르트벵글러가 다음 지원자를 불렀다. 한 남성이 일어나더니 앞으로 나가, 상임 지휘자에게 고개를 숙였다.

"다음 기회에 도전하겠습니다."

"……건투를 비네."

그가 오디션장을 나가자 다음, 그다음 사람도 하나둘 씩 일어나 빌헬름 푸르트벵글러에게 양해를 구하고 오디션을 포기하였다.

"마에스트로는?"

베를린 필하모닉의 사무국장, 카밀라 앤더슨이 정기 연주회에 관련하여 서류를 결재하다 문득 빌헬름 푸르트벵글러를 찾았다.

"지금 아마 오디션 중일 거예요."

"오디션? 무슨?"

"바이올린 부수석을 뽑는다고 하던데요?"

"정말이지. 아니, 매번 이렇게 우리에게 말도 없이 오디션 진행하고 합격 처리하라고 하면 어쩌자는 건지."

"하하하. 그래도 마에스트로가 뽑은 사람은 정확하잖아요. 지금까지 큰 문제 없었고."

"그렇긴 해도 분명 언젠가 문제가 생길 거라니까. 안 되겠다. 이번에는 단단히 이야기를 해야겠어."

"살살하세요, 국장님."

푸르트벵글러의 큰 손이 내 손을 굳게 잡았다.

어지간히 기쁜 모양이다.

"어떻게 된 일이에요?"

"글쎄. 다들 오디션을 포기하더군. 왜 그런지에 대해선 언급하지 않겠네. 내가 설명할 수 있는 일은 네가 우리와 함께하게 되었단 사실뿐이야."

푸르트벵글러가 다시 한번 내 손을 위아래로 흔든 뒤에 말했다.

"함께하게 되어 진심으로 반갑네."

"이쪽도 반갑네."

"음? 하하하하!"

"도, 도빈아."

푸르트벵글러가 소리 내어 웃었고, 이승희는 안절부절못했다.

"독일어를 정말 어디서 배웠는지 고풍스럽구만. 그럼, 오늘은 이만하도록 하지. 처리할 일이 있어서 말이야. 이 뒤에는 곧장 돌아가는 건가?"

"아뇨. 도빈이에게 여기 구경 좀 시켜주려고요."

"좋은 일이군. 앞으로 함께할 곳이니 미리 둘러보는 것이 좋겠지. 그럼, 내일 보지."

"반가웠네. 들어가시게."

"하하하하!"

"도빈아."

푸르트벵글러가 떠났다.

잠시 뒤.

건물 밖 벤치에서 기다리고 있자니 이승희가 오렌지 주스를 가져다주었다. 받아서 한 모금 마셨더니 이승희가 고개를 절레절레 흔들었다.

"믿을 수 없어."

"뭐가요?"

"합격할 거라는 건 알고 있었지만 다들 도전조차 포기할 정도였다니⋯⋯. 넌 모르겠지만 그 사람들 모두 다 열심히 했거든."

"그렇게 보였어요."

"그랬니?"

이승희도 음료를 마시곤 한숨을 짧게 푹 내쉬었다.

모르긴 해도 그들 역시 높은 수준의 연주자들일 것이다. 우선 이곳에 지원할 수 있다는 것 자체가 그 실력을 인정받았기 때문일 터다.

그런 사람들이 한 번 전원 탈락하고, 자존심을 버리면서까지 재도전을 한 것이니 그 각오를 모르는 바 아니다.

단지 결과는 내가 합격하게 되었으니 맡은 자리에서 최선을 다하는 것만이 남은 일이다.

그들을 동정할 필요도, 권리도 없다.

"참."

문득 뭔가를 떠올렸는지 이승희가 감탄사를 냈고, 큭큭대며 작게 웃기 시작했다.

"도빈아, 독일어 무슨 영화로 배운 거야?"

"여러 가지요."

"도빈이가 쓰는 독일어가 음…… 뭐랄까. 대단히 할아버지 같다는 건 알고 있니?"

이승희의 말을 듣고 뒤통수를 얻어맞은 듯했다.

내 딴에는 최대한 시대 격차를 줄이기 위해 독일 영화를 보며 내가 살던 당시의 말과의 격차를 상당히 완화했는데 그렇게 들릴 줄은 몰랐다.

애초에 200년 가까운 시간 차이가 있어 내가 쓰던 독일어와 현대의 독일어가 차이를 가지고 있다는 것쯤은 느끼고 있었다. 우선 표준어라는 리푸리아 방언(Ripuarisch)조차 처음 독일 영화를 볼 때 어색할 정도였으니까.

그래도 나름 차이를 메웠다고 생각했거늘 그게 아닌 모양이다.

"뭐, 다들 귀엽게 보는 것 같아서 문제없겠지만. 그나저나 영화가 애들에게 영향을 미치긴 하나 보네. 한스한테 했던 말은 대체 어느 영화에서 나온 거니?"

"기억 안 나요."

날 턱이 있나.

"영화보다는 음…… 드라마나 예능 프로그램을 보는 게 아무래도 도움이 될 거야. 많이 쓰는 말들이 나오니까."

"그럴게요."

괜한 오해를 만들기 전에 그러는 게 좋겠다고 생각했다.

"그럼 가볼까?"

"네."

그렇게 햇볕을 쬐며 목을 축이고는 이승희와 함께 베를린 필하모닉 콘서트홀로 향했다.

정문에 들어서서 단 2분.

내 눈앞에 이제껏 상상해 보지 못했던 무대가 나타나고 말았다.

"이건……."

"멋있지?"

대답조차 잊고 고개를 끄덕일 뿐이었다.

베를린 필하모닉 콘서트홀은 중앙에 무대가 있고 관객석이 그 주변을 감싸고 있었다.

지금까지 무대는 항상 관객과 마주보고 있다고 생각했던, 내 고정관념을 완전히 부수는 형태였다.

층층이 나뉘어 모든 방향에서 음악을 감상할 수 있는 좌석이 마련되어 있었고, 그 아름다운 형태에 흥분을 감출 수 없었다.

"누나, 누나."

"응?"

"자리에 따라서 음도 다르게 들리겠죠?"

"그럼. 최대한 비슷하게 들리도록 했지만 다를 수밖에. 왜, 악기 배치만 해도 바꾸잖니. 위치에 따라 다르게 들릴 수밖에 없겠지."

당연한 말이지만 확인하고 싶은 것은 어쩔 수 없었다.

"들어보고 싶어요."

"안 그래도 내일 정기 연주회가 있으니 함께 오자. 도빈이 엄마랑 같이."

고개를 네 번이나 세차게 끄덕였다. 기왕이면 같은 곡을 여러 자리에 앉아 들어보고 싶지만 아무래도 그건 어려울 것 같다.

어차피 이곳에서 함께하기로 했으니 차차 그 기회도 생길 터.

가슴이 뛰기 시작했다.

저녁 시간쯤이 되어 호텔에 도착했다.

합격 사실을 들은 어머니께서 너무나 크게 기뻐해 주셨다.

"우리 아들이 최고네?"

어머니께서 웃으시니 조금 진정했던 마음이 다시금 커졌다.

"내일 공연이 있대요. 같이 보러 가요."

"그래. 엄마도 도빈이가 연주하는 곳 궁금했는데 잘됐네. 으구으구."

엉덩이를 팡팡 쳐주시는데, 기분이 나쁘지 않다.

다음 날 점심.

빌헬름 푸르트벵글러와 베를린 필하모닉의 정기 연주회에 참석한 나와 어머니는 90분가량의 만족스러운 공연을 관람할 수 있었다.

푸르트벵글러의 곡 해석은 박력이 넘쳤다.

그의 힘 있는 요구에 호응하는 베를린 필의 연주자들 역시 대단하기는 마찬가지.

과연 세계에서 가장 위대한 관현악단이란 이승희의 말이 틀리지 않았음을 직접 확인할 수 있어, 저들과 함께할 날이 너무나 기다려졌는데.

공연을 마치고 만난 빌헬름 푸르트벵글러와 이승희의 표정이 이상했다. 반가워하면서도 뭔가 숨기는 것이 있는 묘한 느낌이다.

결국 그들을 대신해 자신을 카밀라라 소개한 베를린 필하모닉의 사무국장이 나와 어머니께 서류 한 장을 보여주었다.

"독일의 근로 청소년 기준법입니다."

어머니와 함께 'Jugendschutzgesetz(JuSchG: 근로 청소년 기준

법)'라 적힌 서류와 카밀라를 번갈아 보았다.

"먼저 사무국에 확인을 받고 일이 진행되었어야 했는데, 마에스트로 푸르트뱅글러께서 저희 일을 확인받지 않고 일을 진행해 드린 점에 대해 깊이 사과드립니다."

"크흠흠."

"이건 무슨……."

"근로 청소년 기준법 제6조 사건에 대한 공식 예외에 따르면 음악 공연 및 기타 공연, 홍보에 관련한 행사에 만 3살에서 6살 사이의 아동에 대해서는 매일 오전 8시부터 오후 5시 사이, 하루 최대 2시간까지 근무할 수 있다고 명시되어 있습니다."

"……."

"반면 저희 베를린 필하모닉은 단원과의 근로계약서 체결 시 하루 8시간, 주 40시간의 일반 계약서로 진행하고 있습니다. 보통 이런 말씀까지 드리진 않습니다만 계약을 그리 할 뿐, 근무시간을 정해놓지 않을 정도로 어린아이가 감당하기에는 벅찬 스케줄일 겁니다."

"……."

"하여 이러한 사유로 배도빈 군의 합격 사실을 번복하게 되었고, 이에 대해 베를린 필하모닉을 대표하여 사과드립니다. 죄송합니다."

이게 뭔 소리야.

현실이야? 꿈 아니고?

"그게 무슨 말인가!"

부푼 꿈이 와장창 깨지고 말았다.

"지, 진정하게, 도빈 군."

"도, 도빈아."

푸르트벵글러와 이승희가 나를 말리려 했으나 어이가 없어 말조차 제대로 나오지 않았다.

그때였다.

"승희 씨."

어머니께서 평소와 달리 위화감이 있는, 상냥한 목소리로 이승희를 불렀다.

"네, 네. 어머님."

"저희 가족이 이번 결정을 내리는 데 어떤 과정을 거쳤는지 잘 아실 거예요."

어머니께서는 푸르트벵글러와 사무직원 카밀라가 함께 들을 수 있도록 독일어로 말씀하셨다.

"……네."

"저는 도빈이를 위해 많은 걸 준비해 주신 승희 씨가 혹시 이런 사실조차 확인 안 하시고 일을 진행했다고는 생각하지 않아요."

"……."

화가 나 폭발했던 나와 달리, 조근조근 말씀하시는 어머니는 어딘지 모르게 무서웠다.

"단순히 통보를 하시려는 건 아니시죠? 대책을 마련하고 오셨으리라 믿어요."

꿀 먹은 벙어리가 된 세 사람.

잠시 뒤, 빌헬름 푸르트벵글러가 조심스럽게 입을 열었다.

"카밀라, 어떻게 방법이 없는가?"

카밀라가 한숨을 푹 내쉬었다.

"법이 이런데 저라고 한들 어쩌겠어요. 애초에 저한테 묻지도 않고 일을 벌이신 두 분 책임이라고요."

카밀라가 쏘아붙이자 푸르트벵글러와 이승희가 움찔했다.

"유진희 부인 그리고 배도빈 군, 정말 죄송하게 되었습니다. 마에스트로도 이렇게 어린 음악가와 함께한 적이 없어 실수가 있었습니다. 그만큼, 배도빈 군이 뛰어나다는 뜻이겠죠. 부디 훗날 함께해 주셨으면 합니다. 오늘의 일로 발생한 문제에 대해선 가능한 모든 책임을 지도록 허락해 주십시오."

카밀라의 말은 정중하지만 분명한 거절이었다. 정확히 말하자면 안 되는 일에 대해 설명하고 있는 것뿐이지만 나로서는 어처구니가 없었다. 어머니도 마찬가지였던 모양.

"저는 음악이나 법에 대해서는 모르고"

어머니의 목소리가 조금이나마 떨리고 있었다.

"앞으로도 음악을 할 도빈이를 생각해서라도 세 분께 더는 말씀 못 드립니다. 카밀라 씨는 오늘 처음 뵙지만, 빌헬름 푸르트벵글러 씨와 이승희 씨가 얼마나 유명한 사람인지 클래식 음악 팬으로서 잘 알고 있어요."

"어머님."

이승희가 안절부절 어쩔 줄 몰랐다.

"그래도 마지막으로 한 말씀 드려야겠습니다. 도빈이가 이곳으로 오기까지 얼마나 많은 것을 고려했고 포기했는지 헤아려 주시기 바랍니다. 도빈이, 아직 어리지만 음악에 대해서는 그 누구보다 성숙하고 진지합니다."

"……."

"부탁드립니다. 도빈이가 여러분과 같은 훌륭한 분들과 함께 음악을 할 수 있게 도와주세요."

어머니께서 고개를 숙였다.

나 또한 많이 당황스럽지만 어머니께서는 직장마저 버리고 나를 위해 멀리 이곳까지 함께하셨다. 아버지를 혼자 두는 결정도 쉽지 않았으리라. 그 많은 것을 감내하면서까지 오디션을 보도록 허락한 것이다.

오직, 나를 위해.

그런데 그 결과가 실력이 부족한 것도 아니라, 악단 측에서 기본적인 사항조차 체크하지 않아서 생긴 문제라니.

베를린 필하모닉의 사무국에서는 어떻게 생각할지 몰라도, 적어도 나와 어머니는 억울하고 어이없고 허탈할 수밖에 없었다.

어머니께서는 그런 마음을 꾹 참고 고개를 숙이신 것이다.

여기서 내가 호통을 치면 지금 어머니께서 숙인 고개 위에 물을 끼얹는 꼴.

나 루트비히 판 베트호펜.

살면서 단 한 순간조차도 비굴했던 적 없었다.

그러나 나 배도빈.

나의 자부심과 자존심을 세울 수 있는 수단은 오로지 음악뿐. 음악으로 다시 세울 수 있는 법.

그 때문에 어머니를 욕되게 할 순 없다.

"부탁드립니다."

어머니 곁에서 나도 고개를 숙였다.

"도빈아. 흑."

눈물이 터진 이승희가 나를 와락 끌어안았다.

"어머님, 어머님, 고개 드세요. 죄송합니다. 죄송합니다."

이승희가 무릎을 꿇고 어머니를 일으키려 했으나 어머니께서는 자세를 고치지 않으셨다.

맞은편을 보자 푸르트뱅글러는 헛기침을 하며 눈가를 닦고 있었다. 여태 사무적인 태도를 고수했던 카밀라조차도 표정에 변화가 생겼다.

그러나 어머니께서는 조금도 움직이지 않으셨다.

"……한 가지 방법은 있습니다."

잠시간의 침묵을 깨고 카밀라가 입을 열었다. 그녀의 목은 상당히 잠겨 있었다.

그제야 어머니께서 고개를 드셨다.

"객원 연주자로서는 활동이 가능합니다. 마침 공연 시간이 2시간을 넘는 경우는 거의 없기 때문에 법에 저촉되는 부분은 없죠. 하지만 이 경우에는."

"연습할 시간이 없겠네요."

어머니께서 카밀라의 말을 받았다.

"네. 하지만 마에스트로 푸르트벵글러가 앞뒤 가리지 않고 뽑을 인재라면, 혼자서도 가능하겠죠. 그렇죠, 빌헬름 푸르트벵글러?"

카밀라가 말하는 도중에 푸르트벵글러에게 눈치를 줬다.

"아암! 그렇고말고. 도빈 군이라면 충분히 가능하지."

"베를린 필의 상임 지휘자가 아니라, 옆집 할아버지로서 손주 같은 아이에게 개인 교습을 해줄 수도 있겠네요."

"여, 옆집 할아버지?"

카밀라가 째려보자 푸르트벵글러가 헛기침을 해댔다.

"그, 그럼. 그렇고말고."

카밀라가 다시 시선을 돌려 어머니와 눈을 마주치고 말을 잇기 시작했다.

"호흡을 맞추기 위해서 방문한 것은…… 견학으로 처리하면 될지도 모르겠고요."

"그럼."

카밀라가 작게 한숨을 내쉬더니 나와 어머니께 고개를 숙였다.

"네. 다시 한번 저희의 실수로 이런 일이 벌어진 점에 대해 사과드립니다. 그리고."

카밀라가 나를 보았다.

"부인께서 이렇게 나오실 때 어쩌야 하나, 죄송할 따름에 어찌할 바를 몰랐습니다. 그런데…… 배도빈 군이 제게 확신을 주었습니다. 반드시 잡아야 한다고요. 분명 분하고 억울했을 텐데 저 어린아이가 부인께서 고개를 숙이니 이를 악물고 참더군요. 저 역시 오늘 부인과 배도빈 군을 처음 뵙지만, 부인의 말씀대로 도빈 군이 음악에 대해 얼마나 진지한지 알 것 같습니다. 또 어머니를 사랑하는 마음도요."

그렇게 말한 카밀라가 고개를 깊게 숙였다.

"……정말 진심으로 사과드립니다. 죄송합니다. 그리고 부디 베를린 필하모닉에 함께해 주세요. 부탁드립니다."

"감사합니다. 잘 부탁드려요, 카밀라 씨."

어머니께서 일어나 카밀라를 직접 일으켜 세우셨고, 카밀라는 어머니께 약속했다.

"혹시 모를 법적인 제제에 대해 준비할 것이 있습니다. 말씀드린 부분 말고도 조심해야 할 일이 남아 있으니까요."

"네. 부탁드릴게요."

"그리고 무엇보다 어린 배도빈 군이 건강히 음악 활동을 할 수 있도록 신경 쓰겠습니다."

그렇게, 어머니와 카밀라는 여러 이야기를 주고받았고, 나는 빌헬름 푸르트벵글러를 사사하게 되었다. 물론, 카밀라가 선을 확실히 그은 대로 어디까지나 옆집 할아버지로서의 친절일 뿐.

덕분에 강의료는 조금도 내지 않아도 되었다.

"휴우. 정말이지 다행이야. 자네도 그렇지, 그런 방법이 있었더라면 진즉에 말해주지 않고."

"뭐라고요?"

배도빈과 유진희를 배웅하고 사무국으로 돌아온 카밀라는 상임 지휘자의 불평에 잔뜩 성질을 냈다.

"도대체가 일을 어떻게 진행하는 거예요? 마에스트로면 다예요? 부수석 자리를 반년 가까이 비워두는 것으로도 모자라 기껏 연 오디션에서 지원자들을 몽땅 탈락시키질 않나. 사무국 허락도 없이 미성년자, 아니, 미취학 아동에게 손을 뻗쳐요?"

"아니, 무슨 말을 그렇게 해! 누가 들으면 오해하겠네!"

"제 말이 틀려요? 네? 그런 방법이 있었다면 진즉에 말하라고요? 그런 방법 없어요! 없다고요! 지금부터 만들어야 한다고요! 대체 그 자리에 있었으면서 무슨 말을 들은 거예요?"

"……"

푸르트뱅글러는 입이 있어도 할 말이 없었다.

배도빈의 음악에 홀려 주변 정황을 생각하지 않았던 것은 부정할 수 없는 사실이었기 때문이었다.

총감독으로서 악단 운영에 있어 지대한 영향을 끼쳤고, 적어도 단원을 뽑는 일에 대해서는 전권을 가지고 있었던 그였기에 평소와 같이 행동했을 뿐이라고 생각했지만.

설마하니 그런 문제가 있을 줄은 꿈에도 몰랐다.

"정말이지. 안 그래도 그 재벌가 사람이라 긴장했는데."

카밀라가 한숨을 내쉬며 중얼거렸다.

"그건 무슨 소린가?"

"뭘요?"

신경이 잔뜩 날카로운 상태였기에 카밀라가 신경질적으로 되물었다.

"재벌가라니?"

"……모르셨어요? 배도빈 군 어머님 유진희 씨. WH그룹 유장혁 회장 장녀잖아요."

두 눈만 끔뻑이는 빌헬름 푸르트벵글러를 보며 카밀라가 한숨을 쉬었다. 그녀가 어제와 오늘 느낀 부담감이 얼마나 컸는지 말을 대신해 내뱉는 것 같았다.

"정말이지 음악 바보라니까."

카밀라가 본인 책상 위에서 서류 한 장을 집어 푸르트벵글러에게 보여주었다.

"봐요. 10년 전에 미술계에서 신성으로 유명했던 사람이에요. WH그룹 유장혁 회장의 장녀였고. 독일 유학 중에 갑자기 활동을 중단했는데, 결혼 때문이었나 보네요."

"허허. 도빈 군의 감수성이 어머니의 영향을 받은 건가."

"합격 고지 듣고 알아봤는데, 처음에는 배경 믿고 자식 들이밀려는 사람인 줄 알았다니까요. 만나 보니 그런 사람은 아닌 것 같았지만."

"자네 지금 날 뭘로 보는가. 내가 어디 그런 허튼 수작에 놀아날 거라 생각하는 겐가!"

지금까지 저지른 잘못 때문에 순순히 굴었던 푸르트벵글러가, 단원을 뽑는 일에 대해 의문을 품었다는 말을 듣자 불같이 화를 냈다.

그러나 베를린 필하모닉에서 유일하게 그를 컨트롤할 수 있는 사무국장 카밀라 역시 만만치 않았다.

"그럼 다섯 살 어린애를 단원으로, 그것도 부수석 연주자로 뽑는다는 말을 어떻게 믿어요? 나이 드셔서 노망나셨나 싶었지."

"뭐, 뭐라고?"

"아무튼!"

카밀라 사무국장이 빌헬름 푸르트뱅글러 상임 지휘자와 시선을 마주했다.

"정말 확실한 거예요?"

"흥!"

"그러지 말고 말해보세요. 상식적으로 이해할 수 있는 일이 아니잖아요. 모차르트도 다섯 살부터 작곡을 배웠어요. 그런데, 다섯 살 난 그 애가 가장 큰 희망을 짓고, 바이올린 연주로 마에스트로 푸르트뱅글러의 혼을 빼냈다고요?"

확실히.

카밀라 사무국장의 말을 들어보니 그럴듯한 의심이었다.

완벽한 음악을 추구하는 빌헬름 푸르트뱅글러 본인의 판단을 떠나, 다른 사람의 눈에는 믿을 수 없는 일이었다.

푸르트뱅글러도 오랜 인연인 카밀라가 자신을 의심하는 게 아니라는 걸 알고는 순순히 고개를 끄덕였다.

"그러하네. 자네 말 모두 사실이야."

"사카모토 료이치의 제자라는 말도요?"

"그 인간 말로는 제자가 아니라 친구라 하던데. 가르칠 게 없다고."

"……."

카밀라가 고개를 저었다.

푸르트뱅글러의 말이라 일을 진행하려 했으나 도저히 의심을 지울 수 없는 듯했다.

그런 그녀를 보던 푸르트뱅글러가 그녀에게 말했다.

"그렇게 의심되면 직접 한번 들어보게. 자네 말대로 옆집 할아버지로서 같이 연주하며 놀려고 그러니까."

"……좋아요."

그렇게 말한 카밀라는 다음 날, 배도빈의 바이올린과 피아노를 듣고는 경악하고 말았다.

"자, 잘하는 정도가 아니잖아."

"그럼. 물론이지. 이 내가 제2바이올린 부수석으로 뽑을 정도니까."

그녀가 베를린 필하모닉에서 일한 지 20년.

비록 음악을 전문적으로 배우지는 않았지만 그간 수많은 연주를 들으며 일해 왔다. 그중에서도 배도빈의 연주는 손에 꼽을 만큼, 매료된다는 표현이 어울릴 정도로 카밀라의 마음을 뒤흔들어놓았다.

"차 좀 들어요. 도빈아, 주스 마시자."

"아, 감사합니다, 부인."

"고맙소."

그렇게 배도빈의 연주를 감상하자 유진희가 다과를 내왔다. 아직까지 연주의 여운에서 빠져나오지 못한 카밀라 앞에서 배도빈이 인상을 쓰며 말했다.

"하나도 안 달아요."

"단 거 많이 마시면 이 상해요."

도저히 방금까지 그 고혹적인 연주를 한 아이로는 보이지 않았다.

"베를린 필하모닉이 세계 최고가 아니에요?"

"뭐, 뭐라고?"

독일에 머문 지 한 달이 흘렀다.

그간 푸르트뱅글러를 포함해 베를린 필하모닉의 단원들과 시간을 가지며 현대의 독일어를 어느 정도 익힐 수 있었다.

그러는 도중에 옆집 할아버지가 되어버린 푸르트뱅글러와는 특히 많은 시간을 함께했다.

그는 베를린 필하모닉을 예로 들어 현대의 오케스트라에 대해 많은 이야기를 들려주었는데, 그때마다 답례로 그가 메모한 악보를 평해주었다.

푸르트벵글러는 자신의 음악 해석을 완벽히 이해한 나의 코멘트에 매일 감격했으며 나는 그에게 현대의 음악을 보다 깊이 배울 수 있게 되었다.

사카모토 료이치에게는 미안한 말이지만, 클래식뿐만 아니라 모든 음악 장르를 다루는 그에 비해 푸르트벵글러와의 대화가 더 깊이를 가지는 것은 부정할 수 없는 사실이었다.

그런 만큼 자연스럽게 푸르트벵글러와 가까워졌고, 서로를 신뢰하게 되었다.

"베를린 필하모닉이 2위라고 들었어요."

그러는 와중, 세계 최고의 오케스트라에 대한 이야기가 나왔는데 푸르트벵글러가 주먹을 불끈 쥐며 부들부들 떨었다.

"그럴 리가! 미친놈의 헛소리야. 베를린 필이야말로 세계 최고의 관현악단이다."

"하지만 여기엔 암스테르담이 최고라고 나와 있는데요?"

내가 오래된 잡지를 보여주자 푸르트벵글러가 그것을 빼앗아 발기발기 찢었다. 나이도 있는 사람이 기운도 좋다.

"이, 이 빌어먹을 평론가들! 알지도 못하면서 입으로만 나불대는 놈들이야! 그런 놈들이 정한 순위 따위, 아무런 의미 없다! 이런 것에 속으면 안 돼!"

"네. 푸훗."

"이이이익!"

사실, 나도 푸르트벵글러와 같은 생각이다.

그저 지휘할 때는 그렇게 철두철미한 그가 평소에 보이는 이런 인간적인 모습이 재밌어 놀리는 것뿐이다.

2008년, 그러니까 내가 한국 나이로 세 살 때 영국의 그라모폰이라는 잡지가 전 세계의 음악 평론가를 상대로 투표를 한 결과, 암스테르담 로열 콘세르트허바우가 1위를 차지했다고 한다.

이런 순위는 아무런 의미가 없다고 말하지만 푸르트벵글러에게는 치욕이었던 듯하다.

베를린 필하모닉에서만 30년 가까이 상임 지휘자로 활동한 그에게 베를린 필은 본인의 자긍심이었고, 세계 최고의 지휘자 중 한 명이라는 그가 마리 얀스라는 또 다른 마에스트로에게 밀려 2위를 했다는 사실이 못내 분한 모양이다.

"이런, 이런 쓸모없는 녀석들 같으니! 귓구멍을 하나 더 뚫어도 시원찮을 놈들!"

몇 년 전 잡지를 저렇게 꾸깃꾸깃 밟는 것을 보면 말이다.

"의미 없다면서 왜 그렇게 화를 내요?"

"모르는 사람이 보면 정말 그런 줄 아니까 그렇잖느냐! 대체 이걸 어디서 얻은 거야?"

"승희 누나가 공부하라고 준 거에 있었어요."

"이, 이승희!"

평소에는 이렇게 성질 더럽고 귀여운 옆집 할아버지 같지만 그의 음악 세계는 놀라울 만큼 세련되었다.

그와 함께한 한 달은 빌헬름 푸르트벵글러를 존경할 만한 음악가로 인정하기에 충분한 시간이었다.

그런 그가 이토록 분해하는 이유를 너무도 잘 알았기에 그의 자존심을 건들 요량으로 넌지시 입을 뗐다.

"2006년에는 빈 필하모닉이 1위였네요. 암스테르담은 2위. 베를린 필은 3위."

"뭐, 뭐라고오!"

또다시 예전 잡지를 찢어버리는 푸르트벵글러를 보며 말했다.

"셰프."

씨익씨익-

분함을 못 이겨 씩씩대는 푸르트벵글러가 정신을 차리고 나를 보았다. 평소 그를 '푸르트벵글러' 또는 '할아버지'라고 부르던 내게서 위화감을 느꼈기 때문이리라.

"왜 그러느냐."

"난 베를린 필하모닉이 세계 최고라고 생각해요."

"암! 베를린 필하모닉의 단원이라면 당연히 그런 자부심을 가지고 있어야지!"

"그래서 말인데요."

"음?"

"저도 베를린 필하모닉이 세계 최고라고 사람들에게 증명하고 싶어요."

"크흠흠. 허어. 날이 덥구나."

갑자기 푸르트벵글러가 말을 돌렸다. 벌써 세 차례나 이런 반응을 보였지만 오늘 만큼은 단단히 마음을 먹었기에 물러서지 않았다.

"연주회 나가고 싶다고요."

"그게……"

내 실력을 모르는 것도 아니면서 자꾸 이렇게 답답하게 구는지 모르겠다.

그간 나는 프루트벵글러와 함께 악보를 함께 해석하며 충분한 공을 들였다. 베를린 필하모닉의 단원들과 짧은 시간이지만 함께 연습을 하며 그들 사이에서도 '입이 험한 천재'로 인정받고 있었다.

문제는 단 하나 지금까지 단 한 번도 무대에 오르지 못했다는 점이다.

"대체 왜 안 된다는 거예요?"

반드시 답을 들어야 직성이 풀릴 듯하여 재차 묻자 푸르트벵글러가 그제야 속내를 털어놓았다.

"아까워서 그래."

이건 또 무슨 개똥 같은 말이야.

"그게 무슨 개똥 같은 말이에요."

"너, 너, 스승에게 그게 무슨 말버릇이냐."

"스승이 아니라 옆집 할아버지잖아요. 그리고 솔직히 제가 가르쳐 드린 게 훨씬 많은데요?"

"뭐, 뭐라고!"

푸르트벵글러와 옥신각신한 끝에 누가 더 많은 것을 가르쳐 주었냐에 대해 누구도 인정하지 않았고 결국 대화는 원점으로 돌아왔다.

"아무튼, 나는 널 독주자로 쓸 생각이다. 기회가 올 테니 기다려라."

"벌써 한 달이나 흘렀잖아요."

"프로그램은 그리 쉽게 정할 수 있는 문제가 아니야."

푸르트벵글러가 설명을 시작했다.

"내가 비록 총감독이라고는 하지만 공연 프로그램을 마음대로 정할 수는 없는 법이다. 사무국, 연주자 그리고 팬이 함께 정하는 일이야."

"그런 건 이유가 되지 않아요. 어떤 곡이든 잘해낼 수 있어요."

"……후우. 이 못 말리는 꼬맹이 같으니. 좋아. 네가 우쭐해질 것 같아서 말하지는 않았지만."

그렇게 말한 푸르트뱅글러는 아무도 없는 주변을 살피는 척을 했다.

"반드시 비밀로 해야 한다."

고개를 끄덕였다.

그러자 그가 가방 안에서 악보 하나를 꺼냈다.

Sinfonie Nr.4 B-dur op.60

내 네 번째 교향곡이었다.

이곳저곳 메모한 것이 많았는데 얼핏 보았기에 무슨 내용인지까지는 확인하지 못했다.

"네가 좋아하는 베토벤의 B플랫장조다. 지금껏 시도해 보지 않았던 일인데, 이 곡을 고쳐 네 독주 무대를 넣어주고자 한다."

언뜻 푸르트뱅글러의 말이 이해되지 않았다.

"무슨 뜻이에요?"

"베를린 필하모닉과 협연을 하자는 말이다. 실은 이걸 준비하려고 네 데뷔 무대가 늦어지는 거란다."

푸르트뱅글러가 넘겨준 악보를 받아 들었다. 자세히 살펴보니 바이올린 독주를 포함시키려는 흔적이 남아 있었다.

"고민이 많아. 이만한 완성도를 가진 곡을 망가뜨리지 않으면서 네 독주를 돋보이는 작업이. 어때, 재밌지 않겠느냐?"

"네. 재밌을 것 같아요."

확실히 내 데뷔 무대로서 손색이 없는 선택이다.

B플랫장조는 힘을 빼고 작곡했다.

C단조 교향곡(운명)을 작곡하던 와중에 머리를 환기시킬 겸 만들었던 곡. 그간 나의 음악을 확인하고자 시작한 이 곡은 부담감을 가지지 않았던 탓인지 꽤 만족스럽게 만들었던 기억이 난다.

'장난도 쳤고.'

도입이라든가 말이다.

'꽤 다듬어지는 시기였지.'

지금도 그러하지만 음의 강약과 변화를 크게 주는 내 스타일은 초기에는 거친 느낌이 없지 않아 있었는데, 아마 이 시기부터 제대로 감은 잡았던 것 같다.

'덕분에 C단조를 잘 만들 수 있었고.'

스스로 내 음악 세계를 본격적으로 시작했다고 여기는 만큼, 데뷔할 곡으로는 안성맞춤이라 생각했다.

그런 생각과 동시에.

'3악장이 괜찮을 것 같은데.'

독주 카덴차를 넣는다면 3악장의 중반부가 어울릴 것 같다는 생각이 들었다.

1악장에서 테마를 연주하는 것도 나쁘지 않을 것 같지

만…… 1악장에서 바라는 건 어느 하나의 악기가 뽐내는 게 아니다. 2악장의 경우에는 제1바이올린과 제2바이올린이 서로 공명하듯 작용하기에 제외. 역시 3악장에서 트리오 부분을 고쳐 들어가는 것이 좋을 것 같다.

낭만 시대의 음악가들을 보면 스케르초에 변형을 주었는데, 당시 나 역시 형식에 변화를 주고 싶었던 때였다. 하여 스케르초, 트리오, 스케르초로 진행하였는데 그게 썩 마음에 들었던 기억이 떠올랐다.

적절한 변형이 가능하리라.

이런 생각을 말하자 푸르트벵글러가 고개를 끄덕였다.

"대담한 발상이야. 어디 한번 고쳐볼 수 있겠느냐?"

당장의 생각을 악보에 옮겨 적었다.

푸르트벵글러가 그것을 옆에서 그것을 자세히 살피다가 읊조리듯 말했다.

"……내가 지금 베토벤과 함께 있는 것인가."

아직은 틀을 만들어놓았을 뿐이지만 푸르트벵글러는 만족한 듯싶다.

"4악장은 어떤가."

B플랫장조의 4악장은 확실히 바이올린과 목관악기가 중요하다.

가능하다면 이쪽에서도 활약을 하고 싶은데, 빠른 연주를 하다가 일순간에 속도를 늦춰 관객을 놀라게 했다가, 다시금 연주 속도를 높이는 등 즐거운 역할이기 때문이었다.

거절할 이유가 없었기에 앞서 3악장을 건든 것처럼 대충의 방향을 제시했는데 푸르트뱅글러가 흐음 하고 신음을 냈다.

"왜요?"

"장난을 치고 싶구나."

역시 푸르트뱅글러다. 내 의도를 정확히 이해했다.

"재밌을 거예요."

"확실히 그렇겠지만 4악장은 연주하는 데는 부담이 있을 수밖에 없어. 템포를 이렇게 조절해 버리면 너무 빨라 음이 쉽게 뭉개질 수 있지."

푸르트뱅글러가 이상한 의견을 냈다. 평소에 그러면 절대 하지 않을 말인데, 조금 전에 그를 너무 많이 놀린 듯하다.

"뭐가 문제예요? 세계 최고의 관현악단과 푸르트뱅글러가 있는데."

"……."

푸르트뱅글러는 내 말을 듣곤 악보에서 눈을 뗐다.

"그래. 물론이지!"

"네. 그거예요."

세계 최정상의 관현악단과 함께 연주를 하는데, 자잘한 것을 걱정할 필요는 없다고 생각했다.

과거, 내가 살았을 적에 비해 현대의 전문 연주자들은 그 기량이 크게 늘었고, 하물며 세계에서 가장 수준 높은 관현악단의 단원들이라면 말할 것도 없다.

지난 한 달간 내 귀로 직접 확인했기에 확신할 수 있다.

다소 연습은 해야겠지만.

분명 더욱 즐거운 B플랫장조가 될 것이다.

2주 뒤에 있을 연주회를 앞두고, 악보를 받아 든 베를린 필하모닉의 연주자들은 아연실색했다.

세계적인 마에스트로 빌헬름 푸르트벵글러답게 그가 해석한 루트비히 판 베트호펜의 4번 교향곡은 너무도 완벽해 보였다.

당장에라도 호흡을 맞춰보고 싶을 정도였는데, 문제는 4악장이었다.

바순 수석 연주자 마누엘 노이어가 눈썹을 좁히며 빌헬름 푸르트벵글러에게 다가갔다.

"셰프, 실례합니다."

"무슨 일인가."

"4악장의 템포가 지나치게 빠른 듯합니다. 무슨 이유가 있었는지 설명해 주시겠습니까?"

바순 수석 마누엘 노이어 뒤로 금관악기 연주자들이 함께 했다.

지금이야 오랜 시간 빌헬름 푸르트벵글러라는 걸출한 지휘자와 함께하고 있으나 기본적으로 베를린 필하모닉은 상임 지휘자가 없는 세월이 더 길었다.

이유는 단 한 가지.

베를린 필하모닉의 상임 지휘자로 인정할 만한 사람이 없었던 탓이다.

베를린 필하모닉의 단원들은 기본적으로 세계적으로 이름 높은 연주자다. 더군다나 세계 최고의 관현악단 '베를린 필' 소속이라는 사실에 무엇보다 자부심을 가지고 있다.

빌헬름 푸르트벵글러를 존경하고 그를 따르나.

그의 말이라면 무조건 순종적으로 복종하는 이는 없다. 그가 완벽한 지휘자로 있기에 그들도 완벽한 '악기'로 있는 듯, 부당한 지시를 따를 생각은 조금도 없었다.

그래서 악보 해석에 문제가 있는 듯하여 물었거늘, 정말 생각지도 못한 답변이 나왔다.

"그건 내가 답해줄 말이 아닌 듯하군."

"그게 무슨."

"들어와라."

푸르트벵글러가 신호를 보내자 한 아이가 연습실로 들어왔다. 몇 번 얼굴을 봤던, 입이 험한 꼬맹이였다.

한 달 전쯤에 견습 바이올린 연주자 한스를 제대로 혼내주었으며, 당시 오디션 참가자들을 단 한 번의 연주로 포기하게 만들었던 아이다.

"2주 뒤에 있을 연주회의 첫 번째 연주곡인 B플랫장조는 나 혼자 해석하지 않았다."

푸르트벵글러가 주변을 둘러본 뒤 말했다.

"이번 연주회의 협연자 배도빈 군이 함께해 주었지. 도빈 군, 노이어 수석이 의문이 있는 모양이야. 답변할 수 있겠지?"

'이게 무슨.'

마누엘 노이어뿐만 아니라 연습실에 모인 모든 연주자가 말을 잃었다.

있을 수 없는 일이었다.

아무리 뛰어난 아이라고 해도 베를린 필하모닉의 연주에 관여할 수는 없는 법이었다.

푸르트벵글러의 말을 들은 단원들의 표정은 금세 썩어들었다.

나도, 푸르트벵글러도 예상한 반응이었는데, 그럼에도 푸르트벵글러는 고집을 부렸다. 온전히 자신이 해석한 악보가 아닌데 그것을 숨길 수는 없다고 말이다.

지휘자로서 자존심의 문제인 듯.

이와 같은 반응을 예상했던 그는 단호히 말했다.

지금처럼.

"악보에 대해 의문이 있다면 얼마든지 의견을 제시하도록. 모든 것은 배도빈 군이 설명할 것이야. 배도빈 군이 제대로 설명하지 못하거나, 그 답을 납득할 수 없다면 그때 다시 말하게. 그렇지 않은 이상 첫 곡은 이 악보로 진행할 것이니."

푸르트벵글러가 말을 마치자 사람들의 시선이 내게 집중되었다.

불신의 눈빛이다.

바순 수석 마누엘 노이어가 입을 열었다.

"꼬맹아, 4악장 템포를 이렇게 배정한 이유를 설명해 줄 수 있겠니."

"B플랫장조 4악장의 테마는 변화예요. 템포, 음색, 음폭을 다양하게 가져가야 효과적이죠."

"악보는 제대로 볼 수 있는 거니? 분명히 '빠르게, 하지만 지나치지 않게(Allegro ma non troppo)'라고 적혀 있지 않느냐. 위대한 베토벤이 왜 이런 말을 적어놓았을 것 같으냐."

위대한 베토벤이라니.

알고 보니 솔직하고 착한 친구다.

"알고 있어요. 당시엔 지나치게 빠르게 가면 따라오지 못했으니까요."

"……당시엔?"

"네. 하지만 아저씨는 할 수 있잖아요?"

"뭐야?"

"베를린 필하모닉의 바순 수석 마누엘 노이어가 아니면 이런 편곡을 누가 감당할 수 있겠어요? 아저씨니까 이렇게 한 거예요."

"그게 무슨."

"빠르고 다양한 곡이 많이 나온 지금, 청중들은 예전 B플랫장조의 악보로는 즐겁지 못해요. 템포 변화가 더욱 크게 이루어지고 음의 수직 배열도 크게 잡아야 개성을 느낄 수 있어요."

"그러니까 그게 버겁다는 말이잖아. 꼬맹아, 어려서 잘 모르겠지만 오케스트라는 한 악기가 움직인다고 되는 게 아니다. 수십 개의 악기가 하나처럼 움직여야 하는 거야."

"알아요."

"안다면 이런 편곡을 해서는 안 되지."

"안다고 말씀드렸어요, 노이어. B플랫장조의 최신 버전은 베를린 필하모닉에서만 할 수 있으니 지금이 아니면 안 되는 거예요. 암스테르담 로열 콘세르트허바우도, 빈 필하모닉도 상상할 수 없는 연주를 해요."

말을 할 수 있다는 점은 이렇게나 편리한 일이다.

한국어로 말해야 했다면 불가능했을 터.

그러나 현대 독일어에 익숙해지면서 내 생각을 제대로 전달할 수 있었다.

지난 얼마간 알아보기로 베를린 필하모닉은 정말이지 조금의 거짓도 없이 내가 상상하던 최고의 관현악단이라 할 수 있었다.

빌헬름 푸르트벵글러라는 음악사에 길이 남을 지휘자뿐만이 아니라, 각 악기의 연주자들 역시 세계 최고라고 인정받을 만했다.

비단 이승희만이 뛰어난 게 아니었다는 듯, 정말 지구 곳곳에서 가려지고 가려진 연주자라는 것을 알 수 있었다.

그러하기에 가능했던 편곡.

그러하기에 가능한 도발이다.

"……칫."

마누엘 노이어가 자리로 돌아가 앉았다. 그리고 자신의 바순을 꺼낸 뒤 조용히 눈을 감았다. 이런 상황에서 못 한다고 하기엔 그의 명성과 자부심이 너무도 크다.

다른 사람도 마찬가지.

마누엘 노이어가 그런 행동을 보이자 다들 자리로 돌아가 악기를 준비했다.

먼젓번 삶에서 지휘를 할 때 가끔 사용하던 방법이 먹힌 듯하다. 당시에는 내 명성에 짓눌려 이런 경우가 거의 없었지만, 악단의 사기를 끌어올리는 용도로 즐겨 사용했다.

음악을 하는 사람만큼 자존심이 강한 이들도 드무니까.

모든 예술인이 마찬가지겠지만, 특히나 한 분야의 정점에 이른 이들이면 특히 더 그러하다.

그것은 나도 저들도 마찬가지.

빌헬름 푸르트뱅글러가 지난 몇 년간 베를린 필하모닉이 '세계 최고의 오케스트라'로 선정되지 못한 것을 신경 쓰는 것을 보고 확신했다.

상임 지휘자가 그것을 신경 쓰는데, 연주자들이 아무렇지 않을 리 없을 거라고.

그 예상이 들어맞았고 나는 내 의지대로 200년도 전에 쓴 B플랫장조를 현대의 입맛에 맞추어 고친 악보를 베를린 필하모닉의 단원들에게 설명하기 시작했다.

잠시 뒤.

설명을 마치고 잠시 쉬는 시간에 얼핏 사람들의 대화를 들을 수 있었다.

"확실히…… 재밌을 것 같네."

"처음에는 의아했는데, 곡을 해치기는커녕 더……"

"……그래. 나아. 원래 연주하던 악보보다 나아졌어."

"정말 저 애가 한 걸까요? 믿을 수 없어요. 베토벤이 다시 살아 돌아온다고 해도 이렇게는……."

할 수 있지.

세계 최고의 실력자들이 모은 곳답게 차근차근 설명을 하니 다들 금방 이해했다. 빗발치던 질문이 점점 잦아들더니 나중에는 경청하는 분위기가 되어 한결 수월해졌다.

"다들 이해한 모양이군."

"네."

푸르트벵글러와 단원들과 조금 떨어진 곳에서 대화를 나누었다.

"이 영악한 녀석. 지금 보니 그때 내게 세계 최고니 뭐니 했던 것도 일부러 한 말이었구나."

다른 말이 필요 없다고 생각해 씩 웃어주니 푸르트벵글러가 허탈하게 허허 하고 웃었다.

"어린 녀석이 단원 다룰 줄도 알고 말이야. 지휘에도 관심이 있었던 게냐."

"하고 싶죠."

"으음. 꼭 여기로 와야 한다. 빈이나 다른 곳으로 갔다가는 혼쭐을 내줄 거야."

"베를린 필하모닉이 그때도 세계 최고라면요."

"뭐야?"

잔뜩 인상을 썼던 푸르트벵글러가 나를 보더니 껄껄 웃었다.

상임 지휘자.

베를린 필하모닉의 상임 지휘자는 클라우디오 아바도 때부터 단원들의 투표로 선임되게 되었다. 그런 이곳에서 30년 가까이 상임 지휘자로 군림하고 있는 푸르트벵글러라면, 뛰어난 지휘자가 단순히 곡을 잘 해석하는 사람만이 아님을 잘 알고 있을 것이다.

음악적 완벽함은 기본.

관현악단의 구성원들을 휘어잡을 수 있는 카리스마와 요령도 지휘자가 가져야 할 필수 덕목이다.

만일 오케스트라의 악기인 연주자들이 '연주자'인 지휘자에 대해 의구심을 품거나 신뢰를 잃는다면 그것만으로도 지휘자는 지휘단에 설 자격이 없는 것이다.

그것을 잘 알고 있는 푸르트벵글러였기에 저들을 상대하는 내게서 요령을 캐치한 것이다.

"이제 연습 시작하는 거예요?"

"그래야지. 1악장 정도는 할 수 있을 테니까. 오늘은 이만 돌아가도 되지만, 들어볼 테냐?"

"그럼요."

"좋다. 그럼 일어나 볼까."

여기서부터는 다시 푸르트벵글러의 역할이다.

쉬는 시간이 끝나자 1악장에 등장하지 않는 악기의 연주자들은 개인 연습을 위해 연습실에서 나갔고, 푸르트벵글러의 지시 아래 베를린 필이 움직이기 시작했다.

♪♪♬♪

♩♩♪♩

악보를 받아보고 처음 하는 연주임에도 곧장 소화해내는 것을 보고 내심 놀랐다.

조금씩 틀린 부분에 대해서는 푸르트벵글러가 곧장 지적을 했고, 연주자들 역시 한 번 틀린 부분에 대해서는 실수를 반복하지 않았다.

이것이 베를린 필하모닉.

세계 최고의 오케스트라.

이승희의 제안을 받고 이곳으로 온 것은 정말 최고의 선택이었다.

· 12악장 ·

6살, 세계를 울리다

더위가 최고점에 이를 무렵.

내 데뷔 무대가 결정되었다.

일찍이 당일 나와 함께할 단원들이 정해졌고, 그들과 함께 호흡을 맞춰가는 과정은 퍽 즐거운 일이었다.

이번에는 이승희와 함께하지 못했는데, 베를린 필하모닉이 운용되는 방식에 따라 서로의 일정이 맞지 않았던 탓이었다.

베를린 필하모닉은 전용 콘서트홀에서만 연간 100회 즉, 3일에 한 번 꼴로 연주회를 연다. 이를 약 130여 명의 단원들이 돌아가며 스케줄을 소화한다지만 확실히 빠듯하다.

실내악 공연과 기타 일정을 포함하면 130명으로 가능한 일인가 싶을 정도다.

쉽게 피로해질 만한데, 베를린 필하모닉 단원들의 열정을 보곤 감탄하지 않을 수 없었다.

사무국장 카밀라의 집무실에서 오렌지 주스를 마시며 듣기로는 베를린 필은 본래 근무시간이 따로 정해져 있지 않다고 한다(어쩔 수 없이 8시간이라 정해놓고 있다지만).

나만이 특수한 상황으로 정해져 있을 뿐이지, 다들 자체적으로 연습을 포함한 시간을 관리한다고 한다.

물론, 그에 따른 추가 수당도 없다고 한다.

"그럼 왜 다들 밤늦게 남아서 연습하는 거예요?"

"음악을 좋아하니까."

고개를 끄덕였다.

본인의 연주에 만족할 수 없는 상태로는 무대에 오를 수도 없다.

늦은 밤까지 이어진 바순 소리.

마누엘 노이어는 B플랫장조의 4악장 연주에 완벽을 기하기 위해 정말 많은 노력을 했고.

더없이 아름다운 연주로 내가 바란 그대로의 그림을 그려주었다.

그가 얼마나 노력했는지 조금은 알기에 아낌없이 박수를 보냈다.

"이 꼬맹이가 사람을 잡으려 들었어. 하하."

리허설을 마친 노이어가 씩 웃으며 말했다. 멋지게 해냈으면서 힘들다고 앙탈을 부리는 그가 귀엽게 보일 정도다.

"멋있었어요."

"그럼. 베를린 필의 바순 수석 자리를 그냥 얻었겠냐, 이 악마 같은 꼬맹아."

비단 노이어만이 아니었다.

현악부, 관악부, 타악부 모두 멋진 연주를 들려주었고, 나는 지난 며칠간 그들이 보여준 열정에 화답하기 위해 정말 오랜만에 연습다운 연습을 했었다.

그리고 바로 어제, 마지막으로 나와 연주를 한 사람들도 내 노력에 대해 알아주었다.

"Das kann doch nicht wahr sein!"

"Das ist ja unglaublich!"

흡족스럽게도 반응은 열렬했다.

어디까지나 함께할 수 있는 시간이 적었기 때문에 완주를 들은 적은 처음이었던 단원들이 믿을 수 없다는 듯 고개를 저었다.

줄곧 틱틱대던 노이어도 내 연주를 듣고는 고개를 끄덕였다.

"프리츠 크라이슬러가 12살의 하이페츠를 보며 바이올린을 내던져야 한다고 했다지. 하이페츠가 살아 있었더라면 네게 그 말을 넘겨주었을 거다."

그 말은.

다시 태어나고 일 년이 지났을 때, 내가 프리츠 크라이슬러의 연주를 듣고 생각했던 말이다.

독일에 온 지 벌써 꽤 되었다.

베를린 필하모닉의 객원 연주자가 된 도빈이는 하루하루 즐거운 듯 콧노래를 흥얼거렸다.

푸르트뱅글러 씨와 음악 이야기를 할 때만큼은 정말 어린아이처럼 즐거워했기에 나도 모르게 그 모습을 지켜보는 시간이 길어졌다.

독일 말은 언제 배웠는지.

통역도 없이 신나게 움직이는 것을 보니 꼭 물을 만난 고기처럼 보였다.

그런 아이 같은 모습을 보니 조금은 안심이 되었다. 그간 너무 어른스러워 당황할 때도 있었는데, 그게 어린 시절의 가난함 때문에 생긴 압박감 때문일 수도 있다는 말을 듣고는 너무나 미안했으니까.

'내가 집을 나오지 않았다면.'

아마 경제적으로 풍요했다면 도빈이가 다른 아이들처럼 뛰어놓고 밝게 자랄 수 있지 않았을까.

그런 생각을 하며 밤을 지새운 적이 많았는데 독일에 와서는 그런 걱정을 조금 덜 수 있었다. 좀 더 웃게 되었고, 요즘에는 가끔 장난도 친다. 말이 늘어서 그런가 어디서 봤는지 혼자 깔깔 웃은 뒤에 쪼르르 다가와 묻는다.

'엄마, 무가 울면?'

'무가 울어?'

'무뚝뚝!'

라는 식으로.

김 실장님이나 할 법한 아재개그지만 저렇게 활발한 모습을 보니, 안심하고 음악을 할 수 있게 도와준 여러 상황에 감사하게 되었다.

"여보!"

"아."

그런 생각을 하고 있을 때 반가운 목소리가 나를 불렀다. 베를린 필하모닉에서 남편이 도빈이의 첫 공연을 볼 수 있도록 배려해 준 것.

덕분에 57일 만에 잘생긴 남편 얼굴을 볼 수 있었다.

"살이 쏙 빠졌네."

"배 나오면 당신이 싫어할 거 아냐. 다이어트 좀 하는 거지."

"말이나 못 하면."

그간 밥도 제대로 챙겨 먹지 않은 것 같아서 속상했지만 오늘은 좋은 날이니까. 돌아가기 전에 배불리 먹여 보내야겠다고 생각하면서 그를 이끌었다.

"도빈이 오늘 첫 공연이라고? 몇 시인데?"

"7시요. 서둘러 가면 늦지 않을 거예요. 리허설 중이라 만나는 건 어렵겠지만."

"다행이네. 우리 아들 아빠 보고 연주하다가 놀라서 실수하면 어쩌나? 하하하!"

실없는 소리를 하는 건 아빠나 아들이나 똑같다.

그래도 이런 남자니까 좋아하게 된 것 같다. 오랜만에 만나도 바로 어제 함께했던 것처럼 편안한 느낌.

그가 슬며시 손등에 손을 올렸다.

"도빈이 덕분에 유럽에 다시 올 줄이야. 당신은 예전 생각 안 났어?"

"왜 안 났겠어요. 내일 도빈이랑 같이 유람선 타요."

"좋지. 당신이랑 탈 때랑 얼마나 변했으려나."

그간 나누지 못했던 대화를 풀다 보니 어느새 베를린 필하모닉 콘서트홀에 도착했다. 벌써 많은 사람이 와 있었고, 남편과 함께 좌석을 찾아 앉았다. 자리는 무대의 정면.

카밀라 씨가 배려해 준 듯했다.

이윽고.

연주자들이 하나둘 자리하기 시작했으며 푸르트벵글러 씨와 함께 도빈이가 무대 위에 올라섰다.

기분 탓일까.

모두 세상 그 무엇보다 사랑스러운 내 아들을 보는 것 같다.

무대 가운데로 향했다.

다시 태어난 뒤 정말 많은 일을 겪었지만 이보다 가슴이 뛴 적은 없었다. 과거, 수없이 많은 연주회를 가졌지만 이번만큼은 느낌이 다르다.

푸르트벵글러를 보자 그가 고개를 끄덕이고 한 발 뒤로 물러나 주었다.

내가 주인공이라는 뜻.

고개를 숙이자 박수 소리가 크게 들렸다. 고개를 드는데, 어머니와 아버지가 함께 계셔서 깜짝 놀라고 말았다.

비교적 관중석은 어둡고 무대에 빛이 내려오기에 잘 확인할 수 없었지만, 그 어렴풋한 모습만으로도 충분히 알아볼 수 있었다.

돌아서, 푸르트벵글러와 악수를 나누었고 오늘 연주회의 콘서트마스터인 니아 발그레이와도 인사를 나누었다.

마지막으로 바이올린을 받치고 푸르트뱅글러와 시선을 교환한 뒤.

첫 음을 내기 시작했다.

내가 높게 평가하는 후대의 음악가 슈만은 4번 교향곡, B플랫장조를 두고 '두 거인 사이에 있는 그리스 소녀'라고 표현했다고 한다. 장난스러운 부분 때문에 쓴 표현인지, 에로이카와 C단조의 웅장함 때문인지는 모르겠지만.

적어도 당시의 나를 가장 솔직하게 표현했던 곡이다.

푸르트뱅글러가 나의 데뷔 무대 곡을 B플랫장조로 정한 것은 탁월한 선택이었다.

B플랫단조와 B플랫장조의 조성 변경부터 시작해, 즐거움을 주고자, 말 그대로 '음'을 즐기기 위한 곡이었음으로 나는 당시 마음을 떠올리며 악보에 주석을 달았고, 편곡했으며 그를 완벽히 이해한 푸르트뱅글러의 지휘 아래에서.

4번 교향곡의 1악장이 완벽하게 연주되고 있다.

이어서 팀파니와 트럼펫이 들어오면서 곡에 활력이 붙고.

비바체에 이르러 나 역시 제1바이올린과 호흡을 맞춰 현을 켜기 시작했다.

즐겁다.

너무나도 즐겁다.

이 아름다운 선율에 함께할 수 있고, 이 즐거움을 이 콘서트홀을 가득 채운 관중과 함께할 수 있어 즐겁다.

1악장을 마치고, 으레 들려야 할 기침 소리가 들렸고.

호흡을 가다듬고 시작한 2악장. 2악장은 제1바이올린과 제2바이올린이 앞서고 뒤에 서며 아름다운 음과 부점 리듬의 반주를 대비시켰는데 이 역시 완벽히 이루어졌다. 연주를 마치자 으레 들려야 할 기침 소리가 들리지 않았다.

호흡을 가다듬고 시작한 3악장. 시작부터 경쾌하게, 잔잔하게, 발랄하게, 조용하게를 반복하며 콘트라베이스가 도출되었을 때.

카덴차를 시작했다.

본래 있던 연주를 좀 더 늘리고 변형시킨 독주 파트. 푸르트벵글러가 '이렇게 주제를 변형시키는 사람은 베토벤 이후엔 처음이야'라고 말했던 그 파트다.

빠르게. 더 빠르게.

느려지다 더욱 빠르게!

약 30초간의 독주 파트 안에 지금의 내가 할 수 있는 가장 훌륭한 연주를 했다고 자신할 수 있었다.

뒤이어 받쳐 나오는 음들과 함께 연주를 멈추고 푸르트벵글러를 보았다. 정열적인 연주 뒤에 오는 잔잔한 선율 그리고 그 사이마다 쉴 틈 없이 튀어나오는 경쾌한 소리에 황홀할 지경이다.

그렇게 3악장을 마치니.

그 흔한 부스럭거리는 소리조차 없었다.

마지막.

이번 연주를 준비하면서 가장 많이 공을 들인 4악장, 시작부터 치고 나가는 연주를 나와 제1바이올린이 연주하기 시작했다.

그야말로 초절.

16분 음표가 나와 푸르트벵글러의 주석으로 더 빠른 속도로 끊임없이 이어지는 와중에 관악기들 역시 전면으로 나와 그 진면목을 펼치기 시작했다.

'역시 노이어.'

흠잡을 곳 없이 완벽한 연주다.

연주 중에 연주자를 볼 수는 없는 법이라 확인할 순 없지만, 그 역시 제법 만족스러워할 것이다.

4악장의 중반에 이르러서는 바이올린과 다른 악기가 반복해 앞서거니 뒤서거니 하는데.

바이올린 파트는 오직 나만이 맡아 연주하였고.

마침내.

간결하면서도 가장 인상적인 피날레까지 마치자.

"브라보!"

우레와 같은 박수 소리가 튀어나왔다.

실로.

나는 이 소리를.

수십 년 만에 듣는다.

감격에 겨워 입술을 꼭 물고 있는데, 어머니와 아버지를 볼 수 있었다. 두 분은 분명 울고 계셨다.

약 38분 정도의 연주 시간.

그리고 이 3분 정도의 시간.

아마, 아마 잊지 못하리라.

푸르트벵글러에게 손을 내밀자 그는 내 손을 잡고 관중석을 향해 시선을 둘 뿐, 인사하지 않았다.

이 영광을 오직 내게 전달하려는 행동.

그러나 이 완벽한 '작품'을 완성한 것은 나만이 아니다.

이 무대에서 함께한 모든 사람의 결과이기에 푸르트벵글러와 콘서트마스터 니아 발그레이에게 손바닥을 보였다.

그제야 모든 연주자가 일어났고.

함께.

관객석 가득, 거의 모든 사람이 일어나 보내는 박수를 받아 냈다.

2011년 7월 13일에 있었던 천재 바이올리니스트 배도빈의 데뷔 무대는 폭발적인 반향을 불러일으켰다.

베를린 필하모닉에서 베토벤의 4번 교향곡을 편곡하여 바이올리니스트와 협연을 하는 것만으로도 충분한 화젯거리였는데, 그 주인공이 불과 1년 전 세계적인 히트를 기록한 '가장 큰 희망'을 작곡한 (만)다섯 살 동양인이라는 점 때문에 유럽 각지의 음악 잡지, 언론사에서 취재를 나왔다.

"대체 무슨 일이야? 다섯 살짜리 꼬마가 베를린 필과 협연? 이게 말이나 되는 소리야?"

"작곡가로서는 몰라도 연주자로? 배도빈 뒤에 누가 있는 거야?"

"말도 안 되는 소리. 베를린 필이 뒷배가 있다고 협연을 할 것 같아? 그 콧대 높은 사람들이?"

"음악가들은 이미 다 알고 있던 모양인데? 사카모토 료이치, 토마스 필스도 직접 관람했다잖아."

"블레하츠나 가우왕도 마찬가지야."

막상 취재에 나선 기자들도 의아할 수밖에 없었다.

베를린 필하모닉이 세계 최고의 관현악단이라는 것을 부정할 수 있는 사람은 없다. 상임 지휘자 빌헬름 푸르트벵글러를 포함해, 모든 단원이 '베를린 필'의 소속임을 자랑스레 여기는 곳. 그만한 실력을 갖춘 이들이었기에, 설마 하면서도 찾은 것이다.

그리고.

일반 관객과 기자들은 배도빈과 베를린 필하모닉이 연주하는 베토벤의 B플랫장조 교향곡을 듣곤 전율을 느꼈다.

클래식 음악이 이처럼 세련될 수 있었던가.

정말 많은 연주를 들었던 그들이었지만 이번 베를린 필하모닉의 연주회는 그야말로 혁신이었다. 정체되어 있던 클래식 음악의 연주가 마치 새롭게 한 발을 내디딘 것만 같은 착각을 불러일으킨 것이다.

당일 저녁부터 각 잡지사와 언론사는 급히 인터넷 기사를 올리기 시작했다.

[베를린 필, 관현악의 새 지평을 열다]

[빌헬름 푸르트벵글러, "B플랫장조는 배도빈과 베를린 필하모닉의 합작."]

[루트비히 판 베토벤의 4번 교향곡에 대해]

[작곡가 배도빈, 바이올리니스트로 데뷔?]

[베를린 필 공식 발표, "배도빈은 베를린 필의 공식 객원 연주자."]

베를린 필하모닉의 7월 13일 공연에 관련된 기사만 수십 개에 달했으며, 이를 접한 클래식 업계 사람들은 눈을 의심했다.

몇 년 전부터 배도빈이라는 이름이 조금씩 들어본 적 있었지만, 그중에는 배도빈이란 동양인 작곡가에 대해 알지 못하는 사람도 많았다.

단지 '가장 큰 희망'을 포함해, 그의 정규 앨범을 들었을 뿐, 대한민국이라는 클래식 음악 불모지에서 가끔 나타나는 천재 정도로 여겼을 뿐이었다.

그런데 독일 주요 언론사 일곱 곳과 영국, 오스트리아 등지에서 써낸 기사 덕분에 비로소 유럽 내에서도 배도빈이란 이름이 정확히 알려지게 된 것이었다.

다섯 살, 작곡가 겸 바이올리니스트.

쉽게 믿을 수 없었다.

어마어마한 양의 기사가 올라왔기에 정보는 많았지만 그 내용만큼은 쉽게 믿을 수 없었다. 클래식 음악을 전문적으로 하는 사람도, 취미로 즐기는 사람도 겨우 다섯 살짜리 아이가 그런 일을 할 수 있다고 생각하진 않았다.

ㄴ오늘 베를린 필 연주회 다녀온 사람 계십니까? 기사 내용이 좀 믿을 수가 없어요.

ㄴ베를린 필 언제 이렇게 망가졌냐? 할 짓이 없어서 어린애 데려다가 언플하는 거냐?

ㄴ다녀온 사람입니다. 배도빈의 연주는 고혹적이었고 베를린 필은 여전히 세계 최고였습니다.

ㄴ기사가 사실인가요?

└적어도 저는 사실이라고 생각합니다. 거의 대부분의 관중이 기립 박수를 보냈으니까요. 물론 저를 포함해서요.

└헛소리도 작작 해라. 모차르트도 여섯 살부터 여행 다니면서 연주 했어. 배도빈인지 뭔지 모르겠는데 딱 봐도 유명해지려고 무리수 두는 거잖아.

└저도 다녀왔습니다. 정말 믿을 수 없더군요. 협연자에 대한 상례 라고는 하지만 폭군 빌헬름 푸르트벵글러와 베를린 필이 배도빈이 홀 로 박수를 받을 수 있게 배려하는 것을 보고 놀랐습니다.

└아, 저도 그렇게 생각했습니다. 또 그 어린 바이올리니스트가 마 에스트로와 단원들에게 함께 일어나 박수를 받자고 권하는 모습도 참 인상 깊었죠.

└아, 이 새끼들 다 아르바이트 하나? 점잔 빼면서 헛소리들 하고 자 빠졌네.

└배도빈의 첫 번째 앨범 '피아노와 바이올린을 위한 모음곡'이 직 접 연주한 것으로 알고 있습니다. 사카모토 료이치와 함께 연주한 클래 식 기타와 바이올린의 2중주 한번 들어보세요.

└한 분이 오늘 안 좋은 일이 있으셨나 보군요. 부디 좋게 잘 풀리기 바랍니다.

└힘든 일이 있으셨나 보네요. 힘내세요.

오랜만에 만난 아버지와 함께 즐거운 저녁을 보내고 다음 날.

어머니와 아버지는 아침부터 분주하셨다. 거의 눈을 감고 아침을 먹자 옷을 갈아입으라고 하시기에 여쭀다.

"오늘 어디 가요?"

그러자 아버지가 씩 웃으면서 내 잠옷을 벗기셨다. 혼자서도 갈아입을 수 있는데 항상 그러신다. 그간 못 하셨으니 잠자코 두 팔을 올려 아버지에게 호응했는데, 깜빡 잊고 있던 일을 알려주셨다.

"오늘 도빈이가 참여한 영화 개봉일이잖니."

"아."

그간 연주회에 집중하고 있어서 신경 쓰지 않았는데 지니위즈 시리즈의 마지막 이야기, '죽음의 유물: 2부'가 오늘 개봉하는 모양이다.

'녹음은 잘되었으려나.'

사실 독일에 적응하는 기간 동안 이런저런 일이 있었기에 녹음은 '죽음의 유물'의 음악 자문을 맡고 있는 사카모토 료이치에게 부탁했었다.

다른 사람이면 몰라도 그라면 믿을 수 있었기에 그리 했는데, 이번에 작업한 곳이 토마스 필스의 로스엔젤레스 필하모닉이 아니라는 점에서 조금은 걱정이 되었다.

사카모토 료이치의 말을 따라 악보를 최대한 남들이 잘 알아볼 수 있도록 쓰는 데 공을 들이긴 했는데, 지휘자에 따라 해석을 어떻게 하는지 달라지기도 하니.

어쩔 수 없는 걱정이었다.

'사카모토가 잘해줬겠지.'

그런 생각을 하며 양말을 신고 어머니 아버지와 함께 거리로 나섰다.

날씨가 꽤 무더운데 신기하게도 전혀 불쾌하지 않았다. 도리어 오랜만에 함께하는 가족 나들이가 지난 몇 주간 노력해 준비한 연주회에 대한 보상처럼 느껴졌다.

"베를린에 있는 스크린만 300개가 넘는다고 하더구나."

이동하는 와중에 아버지께서 알려주셨는데, 베를린은 영화가 정말 발달되어 있단다. 베를린 시내에 있는 영화관만 100여 곳이 넘는다고 하니, 그 규모의 크기를 쉽게 짐작할 수 없었다.

우리나라의 서울에서 가봤던 극장을 생각해 보면, 그런 거대한 영화관이 100개 이상이라는 상상이 잘 되지 않는다.

그렇게 천천히 걷다 보니 어느새 내가 상상하던 것보다는 작은 영화관에 도착했다.

'UCI?'

"엄마랑 데이트하던 곳이야."

아버지의 말을 듣고 두 분을 번갈아 보니 어머니께서 쑥스러워하시면서 아버지를 툭툭 밀었다.

"아빠도 독일에 있었어요?"

"엄마 때문에 오래 있었지?"

"도빈이한테 거짓말하지 마요. 당신 매일 탐사한다고 몇 주씩 사라졌으면서 오래 있긴요."

"그래도 독일에 가장 오래 있었던 건 사실이니까."

내심 아버지가 독일어 자막을 못 알아보시면 어쩌나 생각했는데 그런 걱정은 하지 않아도 될 듯했다. 내부로 들어가 티켓을 끊고 상영관에 이르니 벌써 사람이 가득했다.

"마지막 편이라 그런지 사람이 엄청 많네."

"그러게요. 잘되면 좋을 텐데. 그치, 도빈아."

어머니의 말에 고개를 끄덕이며 부모님 사이에 앉아 콜라를 마시는데, 어머니께서 조용히 내 컵을 어머니의 것과 바꾸셨다. 올려다보니 고개를 좌우로 저으시기에 포기하고, 설탕이 들어가 있지 않은 오렌지 주스를 마셔야만 했다.

이윽고 상영관 내부가 어두워지기 시작했다.

'재밌네.'

영화는 확실히 만족스럽게 마무리가 되었다.

보는 내내 땀을 쥐었고, 감동을 받기도 슬픔을 느끼기도 했으며 마지막에 이르러서는 등장인물들이 성인이 된 장면을 보고는 고개를 끄덕였다.

엔딩 크레디트가 올라가는 사이에 1편에서부터의 이야기를 쭉 다시 떠올리자 마치 오랜 친구와 헤어진 것만 같은 느낌이 들었다. 이제 이 이야기의 뒤는 오직 상상으로만 접할 수 있기 때문일 것이다.

"도빈아, 재밌었어?"

"네. 재밌었어요. 더 잘생긴 쌍둥이가 죽은 건 너무 안타까웠지만요."

어머니께서 내 머리를 쓰다듬었다.

"도빈이가 만든 곡은 어디서 나왔어?"

제목이 나온 뒤 마법학교가 배경으로 나온 장면부터 요정의 무덤이 나오기까지 일부분.

마법학교의 교수와 학생들이 방어를 준비하는 과정에서 일부분.

그리고.

혼혈의 영웅이 남긴 기억을 보여줄 때.

'ein mutiger Geist(용감한 영혼)'이 사용되었음을 두 분께 설명해 드리자, 부모님께서 나를 기특하다는 듯 나를 사랑스럽게 보셨다.

"도빈이 덕분에 아빠도 재밌게 봤다."

"네."

내 음악으로 인해 두 분이 행복하셨다니, 더없이 행복했다.

♪

한편.

최우철 EI전자 사장의 압력으로 인해 배도빈에 대한 이야기가 잠잠해졌던 대한민국에서도 7월 13일, '죽음의 유물: 2부'가 개봉되었다.

영화의 반응은 폭발적이었다.

SNS를 통해 영화를 감상한 사람들의 감상이 실시간으로 올라왔고, 영화관은 개봉일로부터 며칠간 매진을 거듭했다.

시간이 흐를수록 오래 사랑받았던 지니위즈 시리즈에 대한 여러 정보가 쏟아져 나왔는데, 영화 리뷰를 하는 어느 사람으로 인해 한 가지 사실이 밝혀지게 되었다.

[죽음의 유물: 2부를 더욱 재밌게 감상하기]

해당 영상의 조회 수는 영화 개봉에 맞춰 폭발적으로 올라갔는데, 그 내용에 배도빈에 관련한 내용이 담겨 있었다.

-다섯 번째. 죽음의 유물: 2부의 사운드 트랙을 만든 음악 감독은 프랑스의 영화 작곡가 알렉스 데스플로입니다. 그런데 여기서 한 가지. 드

물게도 한 사람의 이름이 더 있는데요. 배도빈. 네, 몇 달 전 TV에도 출연한 적이 있는 천재 음악가 배도빈 군이 죽음의 유물: 2부에 참가했다는 점이 놀랍지 않으요?

높은 조회 수에 비례해, 해당 영상에는 수많은 댓글이 실시간으로 달리기 시작했다. 각종 커뮤니티에 '실화냐'라는 제목으로 퍼지면서 가속도가 붙었다.

└개소름이네 진짜.
└여섯 살 아님? 뭔데? 구란 거 같은데.
└얘 TV에서 봄. 바이올린 레알 소름 돋게 연주하더라.
└네, 다음 주작.
└어휴. 배도빈 모르면 닥치고들 있어라. 일본에서만 클래식 음반을 20만 장 가까이 팔았는데
└여기 기사 봐라. 베를린 필하모닉에서 연주자로 데뷔했단다. [링크]
└번역 ㅇㄷ?
└지난 6월, 베를린 필하모닉의 사무국장 카밀라 앤더슨 씨는 대한민국의 출신의 바이올리니스트 배도빈이 정식으로 베를린 필의 객원 연주자 계약을 마쳤다고 밝혔다.
└베를린 필이 뭔데?
└아니 쉬바 지금 저게 중요한 게 아니라 대체 얼마 번 거임? 우리나

라에서 저런 거 한 사람 있음?

　ㄴ근데 왜 기사 같은 거 없음?

　ㄴ우리나라에서 활동 안 해서 그런가 보지 뭐.

　ㄴ왜 우리나라 사람이면서 우리나라에서 활동 안 하고 밖에서만 하는데?

　ㄴ내가 어태 알아 븅딱아.

배도빈에 대해 알고 있던 사람, 모르나 이번 기회에 호감을 가지게 된 사람, 좋지 않은 시선을 가진 사람이 다양했으나 중요한 것은 배도빈이란 이름이 더 이상 누군가 막는다고 해서 감춰지지 않게 되었다는 점이었다.

이를 인지한 국내 언론사들은 급히 베를린으로 기자를 출장 보내게 되었다.

"객원이라고는 하나 단원의 정보를 함부로 공개해 드릴 순 없습니다. 그럼."

"자, 잠깐만."

벌써 며칠째였다.

대체 몇 명인지 헤아릴 수 없을 정도로 많은 기자가 베를린 필하모닉 사무국에 방문하여 현재 배도빈이 머무는 곳을 물었다.

그 덕분에 사무국장 카밀라는 그러지 않아도 바쁜 일정에 차질을 빚고 있었다.

"후우."

다음에도 찾아오면 쫓아내 버릴까 생각하던 차, 이승희가 사무국 사무실로 들어왔다.

"어휴. 정말 지긋지긋하다니까."

"승희 씨?"

"국장님."

이승희가 의자에 앉더니 한숨을 푹 내쉬었다. 그 모습을 보곤 카밀라도 책상에서 나와 이승희와 마주 앉았다.

"기자들에게 시달린 모양이네요."

본인도 방금까지 기자들에게 시달렸던 터라 카밀라가 웃으며 말했다.

"네. 정말이지 입구에서 진 치고 있더라고요. 여기까지 오는 내내 따라붙으면서 정신없이 묻는데, 제가 다 지칠 정도였다니까요? 잠시 여기로 피신 왔죠, 뭐."

"잘했어요. 실은 독일이나 유럽뿐만이 아니라 아메리카와 아시아에서도 방문해서 저도 곤란했거든요."

"도빈이가 정말 유명해지긴 한 모양이네요."

"네. 그렇게 될 수순이었죠. 아, 커피 할래요?"

"고마워요."

카밀라가 커피를 타는 와중에 이승희가 하던 이야기를 계속 이어나갔다.

"용감한 영혼이 평론가들 사이에서 화제인 모양이에요. 그래머폰이랑 스트라드에서 평론 기사를 냈더라고요."

"어머, 그래요? 내용은요?"

"하하. 그 보수적인 곳에서 재밌는 말을 하더라고요."

커피 가루에 물을 따르던 카밀라가 고개를 돌려 이승희를 보았다.

"그의 음악은 너무도 고혹적이라 마치 악마가 들려주는 것만 같았다. 라던데요?"

그 말을 들은 카밀라가 싱긋 웃더니 고개를 돌려 다시금 물을 따르기 시작했다.

"확실히 그런 느낌이 있죠. 도빈 군의 음악을 듣고 있으면 왠지 모르게 더 몰입이 되는 것 같아요."

"솔직하다고 해야 할까. 그렇게 완벽한 구조를 가졌으면서도 듣기 쉬운 곡도 드물 거예요. 아마 그런 점 때문에 감정 이입이 잘되는 것 같고요."

"맞아요. 달콤하죠. 그리고 열정적이고. 어쩜 그리 어린아이가 그런 곡을 지을 수 있는지 신기해요."

"저도 같은 생각이에요."

카밀라가 커피를 다 내린 것 같았기에, 이승희가 일어나 커피잔을 받아 들었다. 깊은 향을 맡은 뒤 한 모금 마시자 이승희의 얼굴이 한결 풀어졌다.

"역시 카밀라가 타 준 커피가 좋다니까요."

"30유로나 하는 원두라 그래요."

"아하하."

작은 농담에 웃은 두 사람은 한동안 커피를 마시는 데 집중했다. 그러다 문득 이승희가 걱정이 되는 듯 물었다.

"그러고 보니 도빈이네 집은 괜찮을까요? 난리도 아닐 텐데."

"여기로 도빈 군의 주소를 묻는 기자가 한둘이 아니었어요. 알려줄 수 없다고 거절했으니 괜찮을 거예요."

"당분간은 콘서트홀에는 오지 말라고 해야겠네요."

"네. 그러지 않아도 오늘 아침에 진희 씨와 통화했어요. 도빈 군은 집에서 할 일이 있다면서 더 좋아했다던데요?"

"할 일이요?"

이승희가 되묻자 카밀라가 어깨를 으쓱 올리며 소파로 향했다.

베를린 필하모닉과 함께 연주를 한 뒤로 오케스트라의 매력에 푹 빠져 버렸다. 예전에도 교향곡은 좋아했지만, 이토록 발전한 상태의 오케스트라와 함께할 수 있다니 가슴이 뛰었다.

백 대가 넘는 악기와 그 연주자들이 맡은 역할을 충실하게 해내며 만드는 하모니.

D단조 교향곡(합창)을 만들 때 그렸던 어렴풋한 오케스트라의 완성 형태가 바로 베를린 필하모닉이었다.

18세기 말 19세기 초에는 이만한 연주자도, 환경도 구하기 어려웠던 탓에 여러모로 제약이 있었는데 그 때문에 그때까지 내가 했던 하나의 목표이자 열 번째 교향곡으로 만들고 싶었던 'vollständig sammeln'에 대한 시험작.

D단조 교향곡의 실 연주에 대해 고민을 많이 했었다.

다시 태어나고 여러 변형 과정을 통해 현대에 이르러 녹음된 D단조 교향곡을 듣고 나서는 그리고 이 베를린 필하모닉을 경험하고 나서는, 마침내 'vollständig sammeln'에 대한 의지를 다시금 태울 수 있었다.

그 때문에, 푸르트벵글러도 보지 않고 밤을 새워가며 작곡을 하고 있는데, 아버지께서 벌써 귀국해야 하는 날이 오고 말았다.

"도빈아, 밥 잘 먹고 지내야 한다?"

"아빠도요."

"하하하히."

나를 번쩍 들어 안은 아버지가 얼굴을 문댔다. 까끌까끌한 그 감촉은 싫지만 아버지를 꽉 안아드렸다.

3년, 아니, 2년 안에 크게 성공해 우리 가족을 완전히 부양할 수 있도록 성공해, 우리 가족이 이렇게 다시 이별하지 않도록 하기를 다짐하면서 말이다.

"그럼, 여보. 갈게."

"조심히 가요."

두 분이 입을 맞추시곤 아쉬움을 달랬다. 그리고 잠시 뒤, 아버지께서 다시 한국으로 가는 비행기에 올라타셨다. 아버지가 탄 비행기가 이륙하는 모습을 보고서야 나와 어머니는 천천히 공항을 빠져나왔다.

"아빠 살 많이 빠졌지?"

"네."

"도착하자마자 출근해야 한다던데……. 아빠가 힘낼 수 있게 전화 자주 하자."

어머니의 손을 잡고 걸으며 고개를 끄덕였다.

사실, 지금의 수입으로도 생활은 가능한 것 같은데 아버지는 일을 그만두실 생각이 없으신 듯하다. 내가 음악을 하고, 그만두는 일에 어떤 조건이 되고 싶지 않으신 듯.

혹시라도 내가 음악이 힘들어 그만두고 싶은데, 가족 내 돈을 버는 사람이 없으면 그러지 못할까 봐 일을 계속하시는 것처럼 보였다.

아들에게 부담을 주기 싫으신 거야 이해할 수 있지만 결국에는 내가 성공하면 해결될 일이라 생각하며 이곳, 베를린에서 푸르트뱅글러와 이승희 그리고 단원들과 함께할 미래를 그렸다.

그런데.

"도빈이도 열심히 하자. 여기서 있을 수 있는 것도 내년까지니까."

"네?"

깜짝 놀라 어머니를 올려다보자 어머니께서 내게 차분히 이해할 수 없는 일을 설명해 주셨다.

"다른 나라에서 일을 하려면 비자라는 게 있어야 해. 그런데 도빈이는 아직 너무 어려서 베를린 필하모닉의 정직원이 되지 못했잖니?"

"……"

"그래서 베를린 필하모닉에서도 비자 발급에 대해서는 도와주기 어렵대."

"……"

"그러니까, 한국으로 돌아가서 학교 다니면서 나중에 완전히 일할 수 있게 되면 다시 오도록 하자."

"얼마나요?"

"의무교육이라고 도빈이가 꼭 교육을 받아야만 하는네, 중학교까지는 마쳐야 하지 않을까?"

"중학교?"

"그래. 중학교."

"중학교는 언제까지 다녀야 해요?"

"16살?"

두 눈을 크게 뜨자 어머니께서 내 머리를 쓰다듬으셨다.

"그러니까 지금 있을 수 있을 때 많이 추억을 남기자. 도빈이가 초등학교, 중학교 다닐 때까지 기억할 수 있게."

정말 어처구니가 없어 말이 안 나왔다.

집에 돌아온 뒤, 이 내용을 오랜만에 연락을 한 히무라에게 하소연하자 히무라가 크게 웃었다.

-아아. 그래. 그런 일이 있지. 도빈이에게 9년은 너무 긴 시간일지도 모르겠구나.

"너무 길어요! 그냥 긴 게 아니라 너무!"

-으음. 지금 도빈이가 독일에 얼마나 있었지?

"두 달 정도요."

-그럼 아마 한 달 뒤에는 한국으로 가야 할 거란다. 여행 비자일 텐데 90일까지만 가능하거든.

"네?"

-하하. 도빈이는 아직 모르겠지만 다른 나라에서 머물고 돈을 벌기 위해서는 여러 절차가 필요하단다. 어쩔 수 없는 일이지.

충격을 받아 말을 잃고 말았다.

히무라는 내가 지금 사는 곳도 '집'이 아니라 '숙소'일 뿐이라 설명하며, 여태껏 독일에서 살 수 있다고 생각했던 내 착각을 송두리째 뽑아냈다.

외국인청(Auslaenderamt)이란 곳에 의뢰하여 독일 노동청이란 곳에서 노동 허가를 내리면 그 허락된 기간에서만 일을 할 수 있다고 한다.

이에 대해 알고 있었냐고 카밀라에게 물어보니, 카밀라와 어머니가 이미 그 관련된 일을 처리해 받은 기간이 1년.

1년 뒤에는 꼼짝없이 한국으로 돌아가게 생겼다.

설마 내 첫 번째 조국이 이렇게 배신할 줄은 몰랐기 때문에 억울하고 분통이 터졌다.

"도빈아, 독일에서 더 허락해도 한국에서 학교는 다녀야 해."

"왜요? 학교는 독일에서도 다닐 수 있잖아요."

"한국인이잖니."

"……."

어머니와 대화를 마치고 방으로 들어온 나는 생각을 거듭했다.

루트비히 판 베트호펜.

배도빈.

나는 누가 뭐라 해도 루트비히 판 베트호펜이나. 또 농시에 배도빈이기도 하다. 이 무슨 운명의 장난인지 알 수 없으나 지금 내 삶이 가능했던 이유는 다시 태어났기 때문.

다시 소리를 들을 수 있고.

다시 음악을 할 수 있게 된 일에 너무나 감사하다.

차마 다 이루지 못했던 일들을 다시 할 수 있게 되어 기뻤던 것이 사실이고 음악을 하기에 인생이 너무나 짧다는 것을 알고 있기에 조급했던 것도 사실이다.

'한국인이잖니.'

어머니의 말씀이 단순히 국적을 말하는 것처럼 들리지 않았다.

앞으로 나는 배도빈으로서 살아가야 한다.

시대는 많이 변했고, 과거 교육을 제대로 받지 못해 겪은 불편한 일을 생각하면 확실히 음악만 하고 살 수는 없는 법이다.

이 시대에서 겪은 단 몇 년만으로도 충분히 인지하고 있다.

아는 것이 없다.

나카무라, 히무라, 카밀라, 이승희, 사카모토나 푸르트벵글러와 같이 좋은 사람만 만날 수 있는 건 아니니까.

배워야 한다.

나는 지금 그저, 당장의 아쉬움을 느낄 뿐이다.

그래. 단지 아쉬울 뿐이다.

베를린 필하모닉이라는 이상적인 환경에서 벗어나고 싶지 않기 때문에 그럴 뿐이다.

하지만.

그렇다고 해서 다른 것을 포기할 수는 없었다.

특히 내 가족과 '배도빈'을 말이다.

분명.

한국에서 학교를 다니면서도 음악은 할 수 있다. 베를린 필 하모닉에 대한 욕심이 없는 것은 아니지만, 내 음악은 내가 있기에 가능한 법.

베를린 필이 없다고 해서 내가 나의 음악을 못 하는 일은 없다.

그렇게 생각하자, 아쉬움을 달랠 수 있었다.

기자들이 베를린 필하모닉 콘서트홀에서 진을 치고 있었기에 그간 집에서만 지냈는데 남은 시간이 10개월뿐이라고 생각하자 그 시간마저 아까웠다.

그런 이야기를 카밀라와 이승희에게 했더니 그럼 자리를 만들어 한 번에 인터뷰를 하는 건 어떻겠냐는 의견을 냈다.

거절할 이유가 하나도 없다. 한 명, 한 명 상대하는 것보다는 그 편이 효율적일 것이다. 더욱이 언제까지나 이 귀한 시간을 허비할 수도 없으니 말이다.

그렇게 기자회견이라는 것을 하게 되었는데, 카밀라와 이승희에게 말로만 들었지, 이렇게나 많은 사람이 찾아올 줄은 몰랐다.

사람 수만 많은 것이 아니라 구성원이 정말 다양했다. 한국인, 일본인, 중국인 등 아시아 쪽 기자도 많았고 그중에는 익히 아는 얼굴도 있었다.

예전에 인터뷰를 했던 김준용 기자와 아사히 신문의 이시하라 린. 독일 출신의 기자들은 물론이고 유럽계 사람도 많이 참여하고 있었다.

얼핏 헤아려도 사오십 명은 되는 듯했다.

"베를린 필하모닉의 상임 지휘자 빌헬름 푸르트벵글러와 작곡가, 바이올리니스트 배도빈의 기자 회견을 시작하겠습니다. 내빈해 주신 분들께서는 자리에 앉아주시기 바랍니다."

사회자가 말을 마쳤다.

푸르트벵글러와 함께 단상에 오르자 여러 대의 카메라가 플래시라이트를 터뜨렸다.

한국말로 인사했다.

"안녕하세요, 배도빈입니다. 찾아와 주셔서 감사합니다. 인터뷰를 요청해 주셔서 오늘은 제가 앞으로 어떻게 활동할지에 대해 말씀드리고자 합니다."

어제 카밀라, 어머니와 함께 연습한 대로 잘 이야기하고 있는지 모르겠다.

잘 쓰지 않는 말을 쓰려니 조금 어색하지만 일단은 계속해 나갔다.

"저는 베를린 필하모닉의 객원 연주자로서 1년간 몇 차례의 연주를 함께할 예정입니다. 그 뒤에는 한국으로 돌아가겠지만, 기회가 된다면 다시 한번 베를린 필하모닉과 함께하고자 합니다."

잠시 물로 목을 축이고 말을 이어나갔다.

"베를린 필하모닉과 함께하는 것은 너무나 큰 기쁨이고 여기, 마에스트로 빌헬름 푸르트벵글러 역시 제게 많은 것을 가르쳐 주었습니다. 최고의 환경에서 음악을 할 수 있어서 무척 행복합니다."

내가 말을 마치자 모든 기자가 손을 들었다.

사회자가 한 사람을 지목하자, 그가 자리에서 일어나 입을 열었다.

"피가로(Le Figaro)의 모리스 르블랑입니다. 지난 2년간 갑작스레 등장해 지금까지 총 12곡을 발표하셨습니다. 뛰어난 작곡가이면서 연주자로 데뷔한 점을 보고 많은 사람이 앞으로의 행보를 궁금해합니다."

동시 통역가의 말을 듣고 답했다.

"베를린 필하모닉에 함께할 수 있는 기간까지는 연주자로서 함께할 겁니다. 하지만 작곡을 놓을 생각은 없고요. 충분한

답이 되었을까요?"

모리스 르블랑 기자가 고개를 끄덕였고, 곧장 다른 몇 사람이 손을 들었다.

"슈피겔(SPIEGEL)의 빌리 브란트입니다. 13일의 고혹적인 연주를 들려주신 데 경의와 감사를 표합니다. 루트비히 판 베토벤의 B플랫장조의 편곡은 놀라울 정도로 완벽했습니다. 연주회 후 마에스트로 빌헬름 푸르트벵글러는 그 편곡을 배도빈 작곡가께서 했다고 말씀하셨는데, B플랫장조를 선택한 이유와 그런 편곡을 한 이유에 대해 들을 수 있겠습니까?"

내가 할 수 있는 말이라면 굳이 통역을 거치지 않고 싶어 독일 말로 대답했다.

"B플랫장조는 루트비히가 가장 솔직하게 만든 교향곡입니다. 그는 고독하고 위태로웠지만 결국에는 싸워 이겨낼 수 있다는 희망을 버리지 않았습니다. 그런 그의 뜻을 잇고자 그의 교향곡 중에서도 가장 솔직했던 B플랫장조를 선택했습니다. 편곡은 지금 음악을 즐기시는 분들이 어떻게 하면 가장 즐겁게 B플랫장조를 즐길 수 있을까를 고민한 결과입니다."

뭔가 내가 나를 설명하려니 어색하다.

그러나 내 대답이 충분했는지 빌리 브란트 기자가 고맙다고 인사했다.

다음은 익숙한 사람이다.

"네. 아사히 신문의 이시하라 린입니다. 큰 슬픔을 겪은 일본이 정규 앨범 'Dobean Bae 배도빈: 피아노와 바이올린을 위한 모음곡'으로 위로받고 있습니다. 작곡가로서 데뷔했던 일본에 한마디 해주실 수 있으신가요? 일본에서의 공연도 기대합니다."

이 역시 일본 말로 답했다.

"그 일에 대해서는 유감입니다. 조금이지만 그 슬픔을 이해합니다. 부디 잘 이겨내시길 바랍니다. 공연 예정은 아직 없지만 뵐 수 있기를 바랍니다."

다음 사람이 일어났다.

"그라모폰의 한스 레넌입니다. 13일 데뷔 무대를 직접 연주를 들은 사람이 배도빈 연주자를 두고 21세기의 야샤 하이페츠라고 하고, 그를 뛰어넘을 수도 있다고 합니다."

"야샤 하이페츠의 연주는 익히 들었습니다. 저는 그를 대체할 수 없고, 그도 저를 대체할 수 없습니다. 야샤 하이페츠는 거대한 강입니다."

그렇게 문답이 오갔다.

그중에는 한국 사람도 있었는데, 그의 차례가 마침내 되었다.

"관중석의 이필호입니다. 베를린 필하모닉에 입단한 최연소 연주자가 되셨습니다. 베를린 필하모닉과 함께한 소감과 한국의 팬들에게 베를린 필하모닉을 소개 부탁드립니다."

"베를린 필하모닉은 치열한 곳입니다. 첫 연주회를 준비하면서 베를린 필하모닉이 얼마나 많은 준비를 하는지 알게 되었습니다. 그 치열함이 베를린 필의 완성도 있는 연주를 가능하게 한 것 같습니다. 모두 최고의 연주를 향해 뛰고 있고 저도 함께 뛸 수 있어서 기쁩니다."

[21세기 최고의 매력적인 음악가]

-모리스 르블랑(르 피가로)

[이러한 베토벤은 처음이었다. 앞으로 그가 연주할 곡을 듣고 싶어 애타는 밤을 보낼 것이다.]

-빌리 브란트(슈피겔)

[21세기는 새로운 천재를 맞이했다. 그의 베토벤은 악성이 다시 살아온 듯하다.]

-이시하라 린(아사히 신문)

[완벽한 연주를 위해 독일로 간 천재, 배도빈]

-이필호(관중석)

카밀라가 기자 회견 뒤에 올라온 기사를 몇 개 추려 보여주었다.

그들이 나를 어떻게 평하는지 관심 없지만 기억에 남은 몇 몇 기자의 기사를 찾아봤는데, 잘 써준 듯하다.

"독일 말을 잘하는 줄 알았지만, 어제 기자회견에서는 깜짝 놀랐어."

"왜요?"

"너무 어른스럽게 말했으니까?"

독일어로 말한다면 어린애처럼 말하는 게 더 말이 안 되지 만, 사정을 모르는 다른 사람은 그렇게 생각할 수도 있겠다 싶 었다.

"그러니까 말이야. 누나도 깜짝 놀랐어. 언제 그렇게 말을 잘하게 된 거야?"

이승희도 거들었다.

제대로 했을까 걱정했는데 이승희가 저런 반응을 보이니 나 쁘지 않게 했던 모양이다.

"대화하려면 많이 배워야 하니까요."

"맞아. 도빈이는 앞으로 여러 나라에서 활동할 거니까 언어 를 많이 알면 좋지. 다른 사람과 소통을 하는 것도 직접 이야 기하는 게 제일 좋아. 한국이랑 일본, 독일어를 할 줄 아니까 영어 정도 더 배우면 좋겠다."

여기서 영어까지 배우려면 머리가 터질 것 같은데, 이승희 가 아무렇지도 않게 말했다.

"아, 그런데."

"응?"

"이승희 수석은 누나가 아니었어요."

"어?"

"누나라고 하기에는 나이 차이가 너무 많이 나잖아요. 이제부터는 이승희 수석이나 이모라고 부를게요."

"어머. 얘 좀 봐? 나 아직 서른밖에 안 됐어."

"아."

생각보다도 나이를 더 먹었다.

내가 보기엔 촐랑대는 어린 아가씨일 뿐이지만 아가씨라 부를 수는 없으니까. 나이 차이가 24살 정도고 적당한 단어가 떠올랐다.

"아주머니."

"뭐, 뭐?"

"아주머니가 적당할 것 같아요."

"너!"

나이 차이가 많이 나는 여성을 높여 부르는 말이라고 분명 사전에 적혀 있었는데 이승희가 화부터 냈다.

분명 아주머니가 누나라는 호칭보다 높을 텐데 화를 내는 이승희를 이해할 수 없었다.

그 일을 숙소로 돌아와 전해드리자 어머니께서는 정말 오랜만에 깔깔, 크게 웃으셨다.

"아하하하."

"제가 뭐 잘못한 거예요?"

"응. 끄윽. 이번에는. 쿡쿡. 도빈이가 잘못했네."

뭐가 그리 웃기신 건지 한참을 끅끅대던 어머니께서 진정하
곤 말씀하셨다.

"내일 승희 누나 보면 누나~ 라고 하렴."

"……?"

말이 많이 늘었다고 생각했는데.

한국말은 여전히 어렵다.

한편 한국에서는 배도빈의 사촌형 배영빈이 오랜만에 계정
이메일에 들어갔다. 그간 신경 쓰지 않아 수백 통의 메일이 쌓
여 있었는데, 그것을 정리하기 위함이었다.

"스팸 메일 극혐이네, 진짜. 대체 어디서 자꾸 보내는 거야?"

그렇게 메일을 살피며 삭제를 반복하던 배도빈의 눈에 무엇
인가가 들어왔다.

"골든…… 어워드? 이건 뭐지?"

드래그를 해 검색창에 붙여 넣자 배영빈의 게슴츠레한 눈이

동그랗게 되었다.

Golden Satellite Awards.

국제 보도 아카데미(International Press Academy: IPA)에서 매년 엔터테인먼트 산업 부문별로 주는 상이었다.

"미친. 이거 뭐야. 언제 온 거야?"

날짜를 확인해 보니.

2011년 7월 2일.

비교적 최근에 온 메일이었다.

그나마 다행이라고 안도의 한숨을 내쉰 배영빈이 마우스휠을 내렸는데, 같은 곳에서 여러 번 보낸 것 같았다. 결국 이메일 주소로 검색을 해보니 총 20통의 메일이 도착해 있었다.

무려 반년 전, 2010년 12월 20일부터 최근 2011년 7월 2일까지.

배영빈은 예전에 사촌동생에게 온 영화 제작사의 메일을 보여주곤 그 뒤로 메일을 단 한 번도 열지 않았던 것을 떠올렸다.

가슴이 덜컹 내려앉는 것 같았다. 무슨 내용인지는 알 수 없지만 이렇게 반복해서 메일을 보낼 일이라면 중요한 일일 것이 뻔했다.

"뭐야. 이것도 도빈이한테 온 거네? 어떡해."

그런 것을 반년도 지나 이제야 확인했고 더욱이 메일이 한 곳에서만 온 것도 아니니 배영빈은 어쩔 줄 몰라 발만 동동 굴렀다.

그날 저녁.

배영빈은 작은아버지 배영준에게 전화를 걸었다. 잠시 뒤 작은아버지의 목소리가 들렸다.

-어, 그래. 영빈이구나.

"네, 작은아빠. 그게⋯⋯."

-응. 무슨 일인데?

"그게⋯⋯. 도빈이한테 메일이 왔어요. 골든 무슨 상인데요."

-그래? 알려줘서 고맙다. 메일 내용 좀 캡처해서 보내줄래?

작은아버지가 너무나 반가워하기에 배영빈은 자꾸만 위축이 되었다.

"네. 근데 그게 좀 많아서⋯⋯."

-많아? 괜찮아. 천천히 보내줘.

"죄송해요, 작은아빠!"

-어?

"이게 사실 작년에 온 건데 제가 그동안 메일을 안 봤거든요. 근데 계속 메일이 오고 있었어요."

사실대로 고한 배영빈은 이제 잔뜩 혼이 날 거라 생각했는데, 핸드폰에서는 아무런 소리도 들리지 않았다.

"끄윽. 끄윽. 죄송해요."

-하하. 괜찮아, 괜찮아. 도빈이한테 온 메일 더 있는지 찾아봐 주고 작은아빠한테 좀 보내줘. 뚝 그치고.

"히끅. 네……."

배영빈은 다시 한번 메일함을 꼼꼼히 살폈고 배도빈에 관련된 내용처럼 보이는 이메일을 모두 배영준에게 보냈다.

그것을 받아본 배영준은 시계를 확인했다. 시간이 많이 늦었지만 중요한 일이었기에 독일에 있을 유진희에게 전화를 걸었다.

13악장
6살, 혈연

-……여보? 무슨 일이에요?

"잘 시간일 텐데 미안. 상의할 일이 있어서."

-잠시만요.

막 전화를 받은 유진희의 목소리가 많이 잠겨 있었지만 배영준이 용건을 말하자 유진희도 무슨 일이 있음을 느꼈다. 물을 한 잔 마시고 정신을 차린 뒤 물었다.

-무슨 일이에요?

"도빈이한테 그간 연락이 왔는데, 그게 영빈이 메일로 왔었나 봐. 영빈이가 메일 확인을 안 했는데 지금 쌓여 있는 걸 받았어."

-메일이요? 얼마나요?

"반년 정도. 마흔 통 정도 되는데, 읽어보니 음악 관련한 이야기더라고. 상을 준다는 곳도 몇 곳 있었고."

-어머.

"일단은 이거 톡으로 보내줄게. 그리고."

-네.

"그간 히무라 씨나 나카무라 씨가 있어 느끼지 못했는데. 아무래도 도빈이를 도와줄 전문가가 필요할 것 같아."

-네……. 확실히 주변 분들이 도와주고 있지만 앞으로 더 바빠지면 그럴 것 같아요. 그렇지 않아도 이번에 기자들이 왔을 때 엄청 난감했거든요. 나카무라 씨와 히무라 씨가 계셨다면 그러지 않았을 텐데, 생각했죠.

"응. 조건은 잘 모르겠지만 좋은 사람으로 추천을 받을 수 있으면 좋겠지. 한번 알아보자."

-그래요. 어머, 시간 좀 봐. 당신 설마 안 잤어요?

"아냐. 잤어. 조금 일찍 일어났을 뿐이야. 이제 씻고 출근해야겠다. 잘 자."

숙소에서 남편과 통화를 끊은 유진희는 마음이 무거워졌다. 거짓말에 서툰 남편은 분명 도빈이 걱정에 잠을 제대로 못 이뤘을 것이다. 거짓말을 할 때면 설명을 자세하게 해버리는, 자기도 모르는 버릇이 나왔으니까.

밤을 새운 남편이 몸을 쓰는 일에 나가면 얼마나 위험하고 피곤할까 생각하니 유진희도 좀처럼 마음이 편치 않았다.

곧, 배영준이 보낸 그림 파일이 도착했다.

그것을 살핀 유진희는 내일 할 일을 생각하곤 애써 잠을 청했다.

다음 날.

이승희를 집으로 초대한 유진희는 점심 식사를 준비하고 있었다. 여느 때와 같이 집 안에는 배도빈이 연주하는 바이올린 소리가 가득했고, 이윽고 풍미 가득한 요리 냄새가 함께하기 시작했다.

땡동-

"누구세요."

"누나야."

"아주, 나."

"……너, 방금 아주머니라 하려고 한 것 같은데?"

"오해예요. 귀가 안 좋으신 것 같네요, 누나."

"쿡쿡."

유진희는 현관에서 도빈이와 이승희가 투닥거리는 소리를 들을 수 있었다. 며칠 전부터 호칭 문제로 말을 하더니, 결국에는 도빈이가 져주기로 한 듯해 슬며시 웃었다.

"어서 오세요."

"어머님."

"막 준비되었는데 잘 맞춰 오셨네요. 들어오세요. 도빈아, 밥 먹자."

"네."

'다행히 음식이 입에 맞나 보네.'

식사 도중 연신 맛있다는 말을 반복하며 식욕을 불태우는 이승희 덕에 유진희는 기분이 좋아졌다.

"저 이렇게 맛있는 잘라트 처음이에요."

"저도요."

배도빈과 이승희는 유진희가 준비한 샐러드를 맛있게 먹었다. 발사믹을 넣었을 뿐인데 입이 짧고 한 가지 음식에만 집착하는 배도빈이 채소를 먹어 다행으로 여겼다.

단 것만 좋아했지 입이 짧은 편이었던 아들이 독일에 온 뒤로는 식욕이 왕성해져 유진희로서는 기쁜 일이었다. 독일 쪽 음식이 짠 편이기에 밖에서 먹지 않고 직접 해주곤 했는데, 좋아하니 더욱이.

식사를 마치고 유진희가 재래시장에서 산 사과주스를 내왔다.

"어머. 이거 어디서 사신 거예요?"

"여기서 얼마 안 걸려요. 시장에서 산 건데, 맛이 괜찮죠?"

"네. 이건 계속 사서 마시고 싶네요."

"나중에 같이 한번 가요."

배도빈은 단숨에 잔을 비우고는 한 번 더 사과주스를 바랐다. 유진희는 어쩔 수 없이 조금만 더 채워주었다.

"오늘은 상의할 일이 있어서 와 달라고 부탁드렸어요."

"네."

"실은 도빈이에게 작년부터 이런 메일이 왔더라고요. 처음 연락을 도빈이 사촌형 메일로 하다 보니 확인이 늦어졌는데. 우선은 이 관련되어서 어떻게 행동하면 좋을까, 승희 씨한테 묻고 싶어서요."

유진희는 이승희에게 어제 남편에게서 받은 메일 내용을 보여주었다. 그것을 살피던 이승희가 깜짝 놀라 유진희와 배도빈을 번갈아 보더니, 다시 한번 메일을 살펴보았다.

"도빈아! 너 정말 대단한 애구나?"

조용히 메일을 살피던 이승희가 눈을 크게 뜨고 기뻐했다.

어찌나 큰 소리였는지 모자는 깜짝 놀라 잠시 몸이 굳어버렸다.

"Golden Satellite Awards 후보였다니. 잘했어, 잘했어!"

"……."

배도빈은 얼굴을 찌푸리더니 이내 자기 방으로 향했고, 베를린 필하모닉의 첼로 수석은 기쁨을 감추지 못하고 축하했다.

"축하드려요, 어머니. 아마 이번에는 받을 수 있을 거예요. 최종 후보로 올랐었다니. 그 뒤로는 소식지네요. 이런저런 정보 같은 거. 앨범 자체는 샌디에이고 영화 평론가 협회(San

Diego Film Critics Society)에서 상을 받았네요. 앨범에 이름을 넣은 게 아니라서 수상자는 아니지만, 가장 큰 희망을 작곡한 배도빈에게 감사 인사를 보낸다, 라니. 도빈이 정말 유명인사인데요?"

영어와 독일어를 능숙하게 하는 유진희에게 이승희가 전달하는 말은 새롭지 않았다.

그러나 중요한 건 다른 문제.

"고마워요. 그렇게 기뻐해 주시니 저도 또 한 번 기쁘네요."

"그럼요! 다들 도빈이가 얼마나 대단한지 알게 되었다는 뜻이니까요."

"다행이죠. 그런데……."

"네?"

"승희 씨는 일정이라든지 외부 연락 같은 거 직접 하시나요?"

"아."

이승희가 유진희가 자신을 초대한 이유를 눈치챘다.

"베를린 필에 들어오기 전에는 매니지먼트와 계약을 했어요. 지금은 베를린 필 사무국에서 일정을 봐주는데, 그전에는 매니저가 확실히 필요하더라고요. 유명해질수록 일정이 있다보니 혼자 관리하는 게 어렵기도 했고요."

"그랬군요."

"우리나라는 보통 부모님들이 많이 그런 역할을 해주시기도

한데."

"네."

"사실…… 전문적이지 못한 건 사실이에요. 매니저를 두는 비용이 부담스럽기도 하고 자식 일이니까 직접 나서는 건 이해하지만요."

'물어보길 잘했네.'

이승희의 말을 들어보니 역시 경험자에게 묻는 게 잘한 일인 듯싶었다. 유진희의 그런 생각대로 이승희는 유진희가 궁금해했던 이야기를 상세히 풀어주었다.

그녀 역시 세계적인 첼리스트로 유명하고 배도빈과 같이 어렸을 적부터 해외에서 활동하였기에 많은 부분에서 배도빈의 상황을 이해하고 있었다.

"그럼 매니지먼트에서 해주는 일은 무엇인가요?"

"꽤 다양해요. 계약 법률 검토부터 페이에 대한 문제도 다루고요. 스케줄 관리와 기본 생활에 대해서도 도움을 주고요."

"기본 생활이요?"

"네. 아무래도 연주자들은 여러 나라를 돌아다니는 일이 많은데, 숙소 예약부터 관련한 일도 해주고. 음…… 그런 스케줄을 소화해낼 수 있게 건강과 생활에 신경을 쓴다고 할까요."

생각보다 그 영역이 훨씬 넓은 듯해 유진희는 일단 한번 생각을 정리했다.

"하지만 이건 좋은 매니지먼트를 만났을 때의 일이에요. 아무래도 도빈이가 아직 어리다 보니 매니저를 찾으신다면 자세히 알아보셔야 할 거예요. 저도 도와드릴게요."

"승희 씨에게는 언제나 도움만 받는 것 같네요. 정말 고마워요."

"에이, 아니에요. 정말 도빈이 없었으면 큰일 날 뻔했어요. 제2바이올린에 사람이 없어서 연주회 로테이션이 망가질 대로 망가졌으니까요. 도빈이가 가끔 자리를 채워서 연주를 해주는 것만으로도 큰 도움이 되고 있어요."

웃으며 손사래를 치는 이승희를 보며, 유진희는 아들이 정말 좋은 사람들과 함께하고 있다고 생각했다.

나카무라, 히무라, 사카모토 료이치.

카밀라, 푸르트벵글러, 이승희.

그리고 달리 많은 사람이 모두.

그녀는 그런 이들이 아들을 아껴줌에 감사하면서도 걱정이 되기도 했다. 지금까지 배도빈의 재능을 진심으로 좋아해 호의를 베푸는 이들을 만났다면, 언젠가는 도빈이를 이용할 사람도 생겨날 터였다.

배도빈이 커서 스스로 판단하고 움직일 수 있기까지.

저어도 그 전까지는 보호해 줘야 하니 정신 마짝 차려야 한다고 다짐했다.

클래식 음악과 그 세계에 대해서는 모르지만 그래서 매니저를 구한다 하더라도 그 과정과 이후 관리에 대해서는 필히 확인해야겠다고 마음먹고는.

"그렇게 말해줘서 고마워요. 그럼, 승희 씨께 또 부탁 하나 드릴게요."

"네. 걱정 마세요."

유진희는 매니지먼트를 알아보기로 결심했다.

"하하하핫! 이 괴팍한 꼬맹이가 샛별이라고?"

"시끄러워요, 노이어."

연습실에서 베를린 필하모닉의 단원들과 쉬고 있을 때였다. 한 사람이 나를 다룬 기사를 들고 와 모든 사람 앞에서 읽었는데, 기사 내용이 참으로 낯 뜨겁다.

[(전략) 클래식 음악계는 황혼기를 넘어 암흑기를 맞이했다. 그러나 2011년 7월 13일, 나는 여명을 알리는 별을 관측했다. 그의 바이올린은 새로운 미래가 오고 있음을 암시하는, 샛별과도 같다. (후략)]

"오오. 이 귀여운 샛별 같으니."

'이이이익.'

단원들이 나를 놀려 먹는 것에 재미를 들린 듯, 내가 이 낯 간지러운 기사에 부들부들 떨자 계속 놀려댔다.

"아냐! 아니라고!"

"하하핫!"

"왜, 도빈아? 샛별이라니 너무 잘 어울리는데. 쿠키 먹을래?"

쿠키는 먹겠다만.

또 그것을 받아서 먹자 바순 수석 노이어를 비롯해 단원들 몇몇이 크게 웃었다. 또 몇몇은 내 볼을 만진다거나 하면서 꺅꺅 댔다.

"빨리 다시 연습이나 해요!"

"아, 시간이 벌써 이렇게 됐군."

잠시 쉬는 시간에는 이렇게 다들 떠들고 웃지만, 막상 연습에 들어가면 언제 그랬냐는 듯 집중력을 발휘한다.

오늘은 내일 정기 연주회의 프로그램 중 하나인 로베르토 슈만의 교향곡 D단조다.

나와 비슷한 시대를 산 사람의 곡이라 그런지, 자잘한 곳에서 당시 내 교향곡의 느낌을 받을 수 있었다.

푸르트벵글러는 로베르토 슈만뿐만이 아니라 모든 음악가가 나 루트비히를 존경한다고 말했지만, 그중에서도 슈만은 내 영향을 많이 받은 듯하다.

♪♪♪♪

♪♩♪♩

연주도 완벽.

레파토리 중에 하나라 그런지 다들 이 곡에 대한 숙련도가 높다.

곡 자체도 훌륭하니 연주가 즐겁다.

연습을 마치고 돌아갈 준비를 하고 있자니 여느 때와 다름없이 어머니께서 마중을 오셨다. 다만 집으로 향하는 길이 아니라 사무국으로 향했는데 카밀라와 이승희가 기다리고 있었다.

무슨 일이 있나 싶어 기다리자니 어머니께서 먼저 말을 꺼내셨다.

"도빈이가 앞으로 음악을 하려면 도와주실 분이 필요할 것 같아서 두 분께 부탁을 드렸어. 이야기 같이 듣자."

도와줄 사람이라.

"연주회도 다니고 협회나 기자 그리고 업체와 연락을 해줄 사람을 말하는 거야. 예전에 나카무라 아저씨가 해줬던 것처럼. 매니저를 해줄 사람이 필요할 거야."

"아."

무슨 말인가 싶었더니 비서를 말하는 것 같다.

확실히 나카무라와 히무라가 함께해 줄 때는 여러모로 편리했다. 무엇을 알아봐 주고 대신 처리하는 데, 전문가라 그런지 그런 쪽으로는 내가 신경 쓸 일이 거의 없었다.

현대의 음악계는 확실히 너무나 넓어서 아직 모르는 게 많다. 그 때문에 학교를 비롯한 정규 교육과 이쪽에 대한 공부를 하고 싶은 건데, 내가 온전히 활동하기 전까지 도와줄 사람을 찾으시는 모양이다.

'어머니도 한계가 있을 테니까.'

어머니와 아버지께서 계약에 관련된 일을 함께해 주셨던 걸 떠올려보면 확실히 지식인답게 대응해 주신 것이 사실이나 두 분은 음악을 좋아하실 뿐, 업계에 대해 잘 알고 계시지는 않다.

그런 한계를 생각해 보면, 또 언제까지나 나 때문에 두 분이 두 분의 삶을 못 사는 것을 바라지도 않기에 긍정적으로 생각하는데.

한 가지 문제에 봉착했다.

"그래서 세 군데 정도 추려봤어. 다 괜찮은 곳인데 아무래도 도빈이가 직접 만나보고 선택하는 게 좋을 것 같아서."

"히무라 아저씨는요?"

"어?"

이승희가 말하는 와중에 끼어들자 그녀가 조금 당황한 듯했다.

"히무라 아저씨랑 약속했어요. 정리가 되면 다시 함께하기로. 매니저가 생기면 히무라 아저씨랑 함께할 때 문제가 없는 거예요?"

이제 걸을 수 없게 된 나카무라는 무리더라도 히무라하고는 함께하기로 약속했다.

"도빈아, 히무라 아저씨는 당분간 도빈이를 신경 써줄 수 없어."

"괜찮아요. 몇 년이 걸려도."

"……."

"승희 씨, 어떻게 생각하세요?"

"아마…… 히무라 씨는 매니저 사업을 병행할 거예요. 엑스톤이 그랬던 것처럼요. 원래 엑스톤 자체가 나카무라 씨와 히무라 씨가 키운 거나 다름없으니, 크게 다르진 않을 것 같아요."

"그러면."

"네. 중복 계약을 할 수는 없으니까요. 만약 히무라 씨가 음반 레이블 회사를 운영할 생각이라면 문제가 없겠지만, 아마 히무라 씨는 도빈이와 그런 관계를 바라진 않겠죠."

대충 답이 나온 듯해서 어머께 말씀드렸다.

"엄마, 저 히무라 아저씨 아니면 안 할 거예요."

히무라와 나카무라는 이 세계에서 나를 처음 알아봐 주었다. 그리고 함께 일하면서 누구보다도 친밀하게 교감을 나누었다.

예전 삶에서의 한 사람을 떠올려 보면, 히무라와 나카무라가 내게 얼마나 잘 대해주었는지, 진실되었는지 알 수 있다.

안톤 쉰들러.

참 알 수 없는 사람이었는데, 온갖 달콤한 말로 치장해 다가왔지만 그 안에 진심에 대해서는 확신을 할 수 없었다.

그러다, 사카모토 료이치와 '나'에 대해 대화를 나눌 때 얼핏 들었는데, 내가 죽은 뒤 몇몇 물건을 훔쳤다고 한다.

대화록이라든가 말이다.

물론 히무라와 나카무라 역시 이득을 취하려고 하겠지만, 그 일 자체는 직업이니 당연하다.

문제는 얼마나 진실되었는가. 그리고 나와 얼마나 많은 감정을 공유하였는가.

함께 일을 하는 사람이라면 나는 그런 사람이 좋다.

"엄마, 저는 히무라 아저씨랑 일할 때 가장 편했어요. 저를 가장 먼저 알아봐 준 사람이었고요. 지금 당장은 어렵겠지만 전 히무라 아저씨랑 함께할 거예요. 그렇게 약속했고, 약속은 지켜야 해요."

그리 말하자 어머니께서 나를 기특하게 보시며 얼굴을 매만지셨다.

"도빈이가 약속을 소중하게 생각해서 너무 기쁘다. 하지만 도빈아, 그 전까지는 도빈이를 도와줄 사람이 필요할 거야. 정말 많은 사람이 도빈이에게 연락을 하고 있단다."

어머니를 보다가 문득 카밀라에게 눈을 주었다.

나를 따라 이승희와 어머니도 시선을 돌리셨고 커피를 마시며 대화를 듣고 있던 카밀라 사무국장이 당황한 듯 물었다.

"다, 다들 왜 이래요?"

"카밀라 아주머니가 해주시면 되잖아요."

"내가?"

"단원들 스케줄은 사무국에서 해준다고 하던데요?"

"그, 그거야 그렇지만."

"국장님, 도빈이도 베를린 필의 단원이에요. 달리 방법이 없는 것 같은데 부탁드려요. 도빈이가 한국으로 돌아가기 전까지만이라도요."

"부탁드립니다, 카밀라 씨."

내 해결책이 먹힌 듯하다.

카밀라라면 믿을 수 있는지 어머니와 이승희가 내가 내놓은 방법에 동조하여 카밀라를 압박했다.

"하지만 전 지금도 바빠서 따로 일을 더 하는 건 무리……."

130명이나 되는 단원들을 관리하고 베를린 필을 운영하는 사람이라면 확실히 바쁠 것이다.

"하지만 그만큼 유능하니까 하고 계신 거잖아요."

한마디 거들자 어머니와 이승희가 고개를 끄덕였다.

"유, 유능?"

"그럼요! 베를린 필에서 국장님보다 유능한 사람이 어디 있겠어요. 사실 셰프가 사고 칠 때마다 해결하는 것도 전부 국장님이잖아요."

"도빈이가 베를린 필 객원 연주자가 될 수 있게 도와주신 과정만 봐도 카밀라 씨가 얼마나 대단한 분인지 알 수 있었어요. 부탁드려요."

"부탁드려요, 아주머니, 아니, 누나."

이승희의 경우를 놓고 봤을 때 여성은 아주머니라고 불리는 것보다 누나라고 불리는 쪽을 선호한다. 아주머니지만 지금은 부탁하는 입장이니 호칭을 바꾸자 난감해하던 카밀라가 웃어 버렸다.

"누나? 아하하하하."

"아. 하하. 하."

이승희가 멋쩍게 따라 웃었고, 어머니께서는 '얘가 왜 이래'라는, 처음 보는 표정을 보여주셨다.

"후우. 그래요. 뭐, 베를린 필에 있을 동안은 관리해 드리도록 할게요. 처음 도빈이 들어올 때 약속한 것도 있으니까요."

"카밀라 씨."

"우선 지금까지 연락이 온 곳부터 넘겨주세요."

"고마워요. 정말 고마워요."

"감사합니다."

일이 잘 풀렸다.

♪

카밀라가 나를 맡아준 뒤로 그간 내가 정말 눈이 어두웠다는 사실을 깨달을 수 있었다.

하루에도 몇 번씩 연락이 오는 모양인지, 아침에 베를린 필하모닉 콘서트홀로 향하면 연습실이 아니라 사무국 사무실로 가야 했다.

"인터뷰 요청이 두 건, 협연 요청서가 세 건 그리고 작곡 요청서가 여덟 건이야."

"너무 많아요."

"이것도 줄인 거야. 아, 한국에서도 요청이 있었어. 광고 모델이 되어 달라고 하던데…… 여기 있다."

"광고?"

"응. 피아노를 만들어 파는 곳인데, 도빈이가 모델을 해줬으면 한대. 한국으로 가서 촬영을 해야 하니까 대충 3~4일은 걸리겠다."

비행기를 두 번이나 타야 하다니.

"그 안에 연주회가 끼어 있을지도 모르니까 사양할게요."

"도빈이가 좋아하는 돈 많이 주는데?"

'돈?'

"얼마나요?"

"2년 계약에 2억. 방송이랑 지면을 포함한 금액이야."

"2년이면 2년 동안 계속 광고를 해줘야 하는 거예요?"

"그건 아니야. 중간에 한 번 더 촬영 조항이 들어 있는데, 1년에 한 번씩 두 번 찍고, 그걸로 홍보를 하는 기간을 2년으로 잡은 거지."

"으음."

"하고 싶어?"

2억이라면 비행기 두 번 정도는 타줄 수 있을 것 같다. 가계에 크게 도움이 되는 큰돈이니까.

"네. 엄마한테 물어볼게요."

"그래. 그럼 이건 따로 두고. 협연 요청이 왔는데, 두 개 일정이 겹쳐. 둘 중에는 보스턴 심포니가 좋은데, 어떻게 생각해?"

"보스턴은 어디에 있어요?"

"미국."

"독일에서 미국까지 오래 걸려요?"

"글쎄. 음……. 경유하게 된다면 14시간 정도?"

한국에서 독일로 올 때 비행기 안에 있는 시간만 10시간이 넘었는데, 14시간?

"안 가요."

"그래."

카밀라는 괜찮은 조건의 서류 중에서도 내 체력을 고려해 몇 개를 더 추려주었다. 그러면서도 그 내용에 대해 궁금한 점, 모르는 일을 친절히 설명해 주었고 그것은 내게 정말 필요했던 일이었다.

독일어라 더 이해하기 쉬웠던 것도 있는데, 그걸 제외하고서도 확실히 카밀라 앤더슨의 사무 능력은 뛰어난 것 같았다. 새삼 카밀라의 유능함과 나카무라, 히무라가 있어서 얼마나 편했는지 느낄 수 있었다.

"이해했니?"

"네. 카밀라 누나가 알려주니 이해하기 쉬워요. 카밀라 누나가 최고."

"최, 최고는 무슨."

그리고 이 젊은 여성이 칭찬에 약하다는 것도 파악.

일을 잘하는 사람에게 말 몇 마디의 칭찬이야 당연한 일인데, 저리 좋아하는 것을 보면 더 해주고 싶어진다.

"그럼 잠깐 기다려."

"네."

카밀라가 어머니께 보여드릴 서류와 그걸 설명하는 편지를 작성하기 시작했다.

"여기서 연습해도 돼요?"

"물론."

마냥 기다리고 있기에는 심심해서 바이올린을 꺼냈다. 무엇을 연주할까 싶다가 문득 예전에 들은 전자바이올린 곡으로 편곡된 영국의 민요가 떠올랐다.

'콘트라단자라고 했지.'

처음 들었을 때는 정말 충격적이었다. 마치 새로운 세계를 맞이한 듯한 기분이었고, 그만큼 인상 깊었던 지라 음악 학원에서 즉석으로 편곡해 연주했는데, 썩 마음에 들었기에 재미삼아 연주해 보았다.

'반주가 없어 아쉽지만.'

나중에 피아노로 반주 악보를 한번 만들어봐야겠다.

"어머. 바네사 메이도 아니?"

"그게 누구예요?"

"방금 연주한 곡 콘트라단자 아니야?"

"맞아요."

"그거 연주한 사람이 바네사 메이야. 정통 클래식만 듣는 줄 알았는데 전자바이올린도 듣는구나?"

"좋은 음악이면 가리지 않아요."

듣기만 좋디면 장르를 가릴 이유가 없다. 악기도, 형식도 모두 말이다.

"역시 음악의 샛별이네."

"카밀라!"

단원들이 놀리는 것도 모자라 카밀라까지 놀리기 시작했다.

CF라는 것을 찍기 위해 한국에 다녀왔는데, 몹시 불쾌한 기억이었다.

[세상은 나를 기다렸다. 나 배도빈, 샛별처럼 나타나 빛을 비추다. 피아노계의 샛별 체르니 피아노.]

민망한 자세와 말을 요구한 주제에 어색하게 따라 하니 귀엽다는 말로 달래는 CF 제작진에게 잔뜩 성이 났다.

돈을 주니 하긴 했는데, 다시는 CF 따위 찍지 않기로 마음먹었다.

그렇게 한국에서의 짧은 일정을 마무리하고 독일로 돌아오자마자 모레 있을 정기 연주회 연습을 하는데, CF가 대한민국에 퍼질 생각을 하자 자꾸만 손이 오그라드는 것 같았다.

"에휴."

"비행기 오래 타느라 힘들었지?"

쉬는 시간, 이승희가 다가와 물었다.

"아뇨."

비행기는 이제 어느 정도 적응을 한 모양인지 조금 답답할 뿐, 크게 문제 되지 않았다. 그렇다고 좋진 않지만서도.

"그럼 왜?"

"먹고 살기 힘들구나 싶어서요."

"……그, 그래."

어머니 앞에서는 절대 이런 말을 꺼내지 않지만, 지금은 안 계시니까.

혹시 몰라 이승희에게 '엄마한테는 비밀로 하셔야 해요'라고 말하자 애매한 표정을 지어서 손가락을 걸었다. 허튼소리를 해서 어머니가 하지 않아도 될 걱정을 하실까 봐 걱정이다.

"도빈 군."

"네."

이승희와 대화를 나누고 있는데 콘서트마스터인 니아 발그 레이가 다가왔다.

오디션을 볼 때 푸르트벵글러와 함께 있었던 금발의 잘생긴 남자다. 30대 후반이라는 젊은 나이에 베를린 필하모닉의 콘 서트마스터를 맡고 있고, 베를린의 보물이라는 캐논을 소유할 만큼 뛰어난 인재다.

마누엘 노이어가 알려주기로는 베를린 필하모닉의 악장단은 빌헬름 푸르트벵글러의 아이라 불릴 정도로 오랜 시간 그를 사사했는데, 그중에서도 니아 발그레이는 발군의 능력자라 한다.

"이번에도 제2바이올린 파트를 부탁하고 싶은데 괜찮겠니?"

"문제없어요."

"교향곡에 독주 파트를 넣는 게 인기를 끌고 있어 어쩔 수 없긴 하지만 연습량을 감당할 수 있을까 걱정되네."

"재밌으니까 걱정 안 해도 돼요."

"그렇다면 다행이지만⋯⋯. 한번 맞춰볼래?"

"네. 바로 해도 괜찮아요."

모레 연주할 교향곡은 모차르트의 G단조.

그 천재의 후기 작품인데, 아름다운 선율 가운데 나타나는 고독함과 방황이 슬픈 곡이다. 금관악기 없이 현악기와 플루트, 오보에, 바순, 호른만으로 구성되었는데 그 비극적인 분위기가 참으로 잘 어울리는 곡이라 악보를 보곤 오래 사색했었다.

그런 기억을 떠올리며 베를린 필하모닉의 단원들과 함께 모차르트의 G단조를 연주해 봤는데, 상당히 좋은 느낌이다.

한차례 연주를 마치자 니아 발그레이가 다가왔다.

"일정 때문에 바빴을 텐데 연습을 했던 모양이구나. 정말 좋았어."

"처음 해본 거예요."

"어?"

"시간이 없어서 처음 연주해 본 건데 악보대로 연주가 되어서 맞추기 편했어요. 세프도 없는데 이렇게까지 맞출 수 있다니 정말 대단해요."

"……."

처음이라는 말에 놀란 모양인지 니아 발그레이가 말을 하지 않았다.

"하하하. 악장, 걔 원래 그런 거 알잖아. 새삼 놀랄 것 없어."

"노이어."

"모차르트 곡은 많이 들었으니까요."

"여기서 모차르트 곡 많이 안 들은 사람이 어딨냐, 꼬맹아. 이리 와서 악보나 같이 보자."

바순 수석 노이어가 불러 가보니 다들 각자의 해석을 나누는 중이었다.

푸르트벵글러의 해석을 따르는 거야 당연한 일이지만 이렇게 토론을 한 뒤에 의견을 제시하는 건 베를린 필하모닉의 오랜 전통이다. 정해진 일에 대해서는 상임 지휘자의 말에 완벽히 따르지만 그 전까지는 자유롭게 의사소통을 하는 곳.

다들 자기 분야에서는 세계 최고이기 때문에 가능한 일이다.

"그래서 이 부분에 대해 세프에게 건의하고자 하는데 말이야."

"플루트를 더 많이 넣으면 멜로디는 드러나겠네요."

"그렇지? 요즘은 멜로디를 강하게 가져가는 게 좋지 않나 싶은데. 다들 그쪽으로 집중하니까."

"조율을 해나가면 문제는 없을 것 같은데 효과가 있을까요?"

"확실히 전달이 더 잘 되지 않을까?"

악기의 수가 두 배가 된다고, 소리의 크기가 두 배가 되는 건 아니다. 바이올린이나 첼로 같은 현악기 연주자는 보통 두 명이 하나의 악보를 공유한다.

쉴 틈이 없기 때문인데 보통 연주하는 도중 악보를 넘겨야 한다. 그래서 짝을 이뤄 한 사람은 계속 연주, 한 사람은 페이지를 넘기도록 악보 보면대를 공유하는 것이다.

보통은 안쪽에 있는 연주자가 그 역할을 맡고, 객석에 가까운 사람이 계속 연주를 하는데, 이때 연주되는 악기의 숫자로만 판단하면 절반이 연주를 멈추는 거나 마찬가지다.

그러나 사람들은 이 차이를 크게 느끼지 못하고, 그런 만큼 악기 한 대가 빠지고 들어가는 것은 실제로 크게 영향을 미치지 못한다.

10명이 연주하는 소리의 크기를 두 배로 키우려면 대충 100명이 필요하다.

"플루트가 한 대 더 늘어난다고 해서 관객들이 느낄 순 없을 것 같아요. 당장 우리도 악기 하나가 더 낀다고 그 소리의 크기를 가늠하기는 어렵잖아요."

귀가 좋아서 미세한 연주 속도의 차이, 음색 차이 등을 찾아낼 수는 있어도 소리의 크기는 잘 느끼기 어렵다.

"흐음."

"플루트는 그러지 않아도 전달력이 좋아서 괜찮을 것 같아요."

"것 봐. 도빈이도 나랑 같은 생각일 거라 했잖아."

"아니, 효과에 대한 문제잖아. 도빈아, 너도 멜로디를 강조한다는 의견에는 동의하는 거지?"

"저도 관객들이 쉬운 음악에 더 반응한다고 생각해요."

"봐. 문제 자체는 남아 있다고. 악기를 늘리는 게 방법이 아니라면 다른 방법을 찾아야지."

다들 다시 목소리를 높이며 싸우고 있다.

저 싸움이 조금이라도 더 완벽한 연주를 위한 노력임을 잘 알기에 흥미롭게 듣는 중이다. 한쪽이 방법을 내놓으면 다른 한쪽이 반론, 그럼에도 끊임없이 새로운 의견이 나오니까.

그러니까 이들, 베를린 필하모닉이 세계 최고인 것이다.

잠시 뒤.

"이게 무슨……"

"으음."

"들어보고 싶다."

플루트를 두고 옥신각신한 자리에 결국 푸르트벵글러까지 참가.

결론은 악기 배치를 달리해 보는 것으로 결정되었다.

1939년, 레오폴드 스토콥스키라는 사람이 실험한 방법을 참고했는데 푸르트벵글러의 지시에 따라 움직인 단원들은 생전 처음 경험하는 요상한 자리에 앉게 되었다.

플루트와 오보에가 오른쪽 가장 앞에 위치했고, 그 뒤에 바순과 클라리넷이.

제1바이올린과 제2바이올린이 왼쪽에 나란히 정렬해 있고 갈 곳을 잃은 비올라와 첼로가 제2바이올린 뒤로 갔다.

결국 나누고 보니 왼쪽은 현악기.

오른쪽은 목관악기로 갈라지게 되었는데(모차르트의 G단조에는 팀파니나 금관악기가 사용되지 않았다), 어떻게 들릴까 궁금해졌다.

그리고 각자 새롭게 정해진 위치에서 연주를 해보았는데, 지휘를 마친 푸르트벵글러가 만족스럽게 고개를 끄덕였다.

"모레 배치는 이대로 가기로 하지."

다들 객석에서 직접 듣지 못해 그 차이에 대해서는 의문을 풀지 못했지만.

상임 지휘자가 결정을 내렸다.

그들이 직접 투표로 30년 가까이 선출한 세계 최고의 지휘자를 믿으며 베를린 필하모닉은 다시 한번 연습을 이어나갔다.

공연 당일.

데뷔 무대 이후 두 번째로 협연 형태로 준비를 한 만큼 푸르트벵글러와 함께 무대 위로 향했다.

무대에 서면 언제나 가슴 설렌다. 관객에게 박수를 받기 위해 산다고 해도 과언이 아닐 것이다.

인사를 하고, 푸르트벵글러와 시선을 교환한 다음, 베를린 필하모닉이 모차르트의 G단조를 연주하기 시작했다.

1악장 매우 빠르게(Molto allegro).

비올라가 주제를 열면서 시작된다. 두 개의 주제음이 제시된 뒤 이어지는 플루트와 오보에의 하모니.

아름답고 비극적인 선율이다.

2악장 느리게(Andante).

E플랫장조인 2악장은 현악기가 주인공이다.

이승희가 이끄는 첼로와 콘트라베이스가 아래를 받쳐주고 비올라가 주제를 펼쳐나간다. 바이올린들은 비올라를 따르며 그 애수로운 분위기를 자아낸다.

3악장 조금 빠르게(Allegretto).

스트레토로 긴장감을 주는, 4악장을 위한 고조 단계. 마무리에 안타까움이 묻어나오도록 목관 악기가 마무리를 잘 지었다.

그리고 마침내 독주 파트가 나오는 4악장.

시작부터 현악부가 빠르게 치고 나가고.

긴장을 준 뒤 나오는 목관악기.

그리고 돌아온 자리에서 내 독주가 시작되었다.

그런데.

팅-

순간 A현이 끊어지고 말았다.

관리는 분명 제대로 했을 텐데.

'칫.'

망설일 시간은 조금도 없다.

제2바이올린으로서 있었다면 뒤로 물러나 현을 교체라도 하고 들어왔겠지만 지금은 독주를 위해 앞서 있다.

오래 준비한.

새롭게 시도한 이 무대. 이 연주를 듣기 위해 찾아온 사람들을 위해서라도 멈출 순 없다.

파지를 달리했다.

A현이 없더라도 연주는 어떻게든 이어나갈 수 있다.

♬♬♪♬

즉흥적으로 이어가 30초에 이르는 독주 파트가 마무리되고 연주는 다시금 본래의 모차르트 D단조를 연주해 나가기 시작했다.

그 자리에서 바이올린을 내리고, 4악장이 마무리될 때까지.

객석을 향해 고개를 숙였다.

♪

한편.

"어디서 사나 했더니 여기 있었구나."

"……볼일 보시고 가세요. 들어가 봐야 해요."

"오랜만에 만난 애비한테 할 말이 고작 그뿐이더냐."

배도빈이 연주를 시작하기 전, 베를린 필하모닉 콘서트홀에서 조금 떨어진 곳에서 유진희가 유장혁 WH그룹 회장과 만나고 있었다.

♪

'흐음.'

내가 아직 배도빈이란 아이를 잘 몰랐던 모양이다. 단 석 달뿐이었지만 함께하면서 녀석의 천재성에 대해 더 이상 놀랄 것도 없을 거라 생각했는데.

현이 끊어졌음에도 연주를 이어나가는 것을 보고 어이가 없었다.

베테랑 연주자였으면 모를까.

단원들도 놀라 순간 내게서 시선을 떼고 도빈이를 보았다.

독주.

모든 스포트라이트를 받는 자리인 만큼 그 부담감은 겪어본 사람만이 안다. 아직 어려서 그것을 모른다고 생각했는데, 그 때문인지 녀석은 조금도 당황하지 않고 연주를 훌륭히 마쳤다.

그리고.

지휘를 마치고 돌아보자 언제부터였는지 모르겠지만 객석을 향해 고개를 숙이고 있었다.

다들 기립하여 박수를 보냈지만 녀석은 박수 소리가 끝날 때까지 고개를 들지 않았고, 관중들의 환호가 끝나서야 고개를 든 뒤.

나와 연주자들을 향해 다시 한번 고개를 숙였다.

이제 다섯 살인 아이가 보일 행동이 아니다.

연주 자체는 문제없이 진행했으나 아마 자신의 악기 관리 소홀에 대해 관중과 함께한 베를린 필하모닉에 대한 사죄일 터.

이 어찌 고고(孤高)한 한 사람의 음악가란 말인가.

우선은 다음 곡을 시작해야 했기에 당당히 사과를 하고 물러가는 도빈이를 두고 지휘봉을 다시 들 수밖에 없었다.

'빌어먹을.'

도저히 용납할 수 없는 실수를 해버리고 말았다.

최근 인터뷰든 기사든 CF든 이것저것 일이 많았다고는 해도 가장 기본적인 악기 관리에 소홀했던 날 용서할 수 없었다.

무대 뒤로 나와 분을 삭이고 있는데 어머니께서 오셨다.

"도빈아, 끝났니?"

"네. 제가 할 연주는요."

"그렇구나."

어머니께서 뭔가 하실 말씀이 있으신 듯하여 고개를 돌리자 어머니 곁에 노신사 한 명이 함께 있었다.

"반갑구나."

"……안녕하세요."

"똘똘하게 생겼구나. 할아버지와 저녁 같이할까?"

할아버지?

어머니를 보자 내키지 않으신 듯 어렵게 입을 떼셨다.

"도빈이 외할아버지야."

어머니께서 외조부님에 대해 말을 꺼낸 적인 이번이 처음이었다. 그래서 젊은 나이에 부모를 여읜 거라 생각했는데, 그게 아닌 모양.

눈치를 보니 뭔가 사이가 좋지 않은 듯했다.

"안녕하세요, 할아버지. 배도빈이에요."

"그래. 하하. 할아버지가 맛있는 거 사주마. 가자."

"죄송해요, 할아버지. 조금만 기다려 주실 수 있으세요?"

"음?"

"오늘 연주회에서 실수를 했어요. 연주회를 찾은 분들이랑 단원들에게 사과해야 해요."

"아까 보니 현이 끊어진 것 같던데, 혹시 그 때문이냐?"

"네."

"그거라면 어른스럽게 잘 대처한 것 같던데. 또 사과를 해야 하는 게냐."

"제 연주를 들으러 찾아오신 분들이고 그걸 위해 함께 노력한 사람들이니까요."

"할아버지가 음악은 잘 모른다만, 연주에는 문제가 없이 좋았던 것 같은데."

"연주의 문제가 아니에요. 준비에 소홀했다는 제 태도의 문제예요."

"흐음."

외할아버지가 생각을 하더니 내 옆에 앉으셨다.

"그래. 같이 기다려 주마."

"감사합니다."

그렇게 총 90분의 연주회가 끝나길 기다린 다음, 정문으로 향했다. 관객들이 나오기 시작했고 고개를 숙여 그들에게 내

안일함에 대해 사과했다.

"어머. 배도빈 아니야?"

"왜 여기에 있지?"

"아까도 저러고 있던데."

그런 말을 들으며 얼마나 흘렀을까.

허리가 아팠지만 고개를 숙인 채 있는데, 누군가 옆으로 왔다.

관객들이 모두 빠져나가고 고개를 드니 푸르트벵글러가 내 곁에서 함께 고개를 숙이고 있었다. 그뿐만 아니라, 수석 연주자들도 그 뒤에 함께 있었다.

"이게……."

"누가 네 멋대로 이러라고 했느냐!"

"네?"

"누가 멋대로 너 혼자 사과하게 됐느냐. 어느 되먹지 못한 놈이 네게 이렇게 행동하라 가르쳤냔 말이다!"

"제 잘못이니까……."

"떽!"

푸르트벵글러가 처음으로 소리를 쳐 조금 놀랐다.

"너는 베를린 필하모닉 단원이다. 이곳의 영광이 네 것이고 너의 실수는 우리 모두의 실수다. 어디서 못된 것을 배워서 우리 얼굴에 먹칠을 하려는 게야!"

큰 소리를 듣고 주변에 사람들이 몰려들었지만 푸르트벵글러는 조금도 신경 쓰지 않았다.

"네 실수 따위 감당하지 못할 베를린 필하모닉이 아니다. 네가 실수했다고 해서 모른 척 너만 책임지게 둘 거였으면 단원으로 받아들이지도 않았어!"

"셰프."

"자, 이제 네가 우리에게 해야 할 말을 알겠느냐."

"……혼자 책임지려 해서 죄송합니다. 감사합니다."

입을 열자.

푸르트벵글러가 나를 끌어안았다.

"오오, 이 착한 아이를 어쩌할꼬."

나는 실로.

지금까지 느껴보지 못한 감정을 느끼고 말았다.

애정이 듬뿍 담긴 푸르트벵글러의 꾸중과 포옹 그리고 눈물을 훔치거나 내게 엄지손가락을 보이는 단원들의 응원이 지금껏 내가 느껴보지 못했던.

뭉클함을 전해주었다.

'……이것이 소속감인가.'

잘은 모르겠다.

하지만 분명, 분명.

소리를 잃은 뒤 처음 박수 소리를 받았을 때만큼이나 내 안이 충족됨을 느꼈다.

♪

　단원들과 인사를 하고 어머니와 외할아버지에게 향했다.

　"괜찮아?"

　"네. 괜찮아요."

　어머니께서 걱정스레 내 뺨을 훑어주셨다. 나도 모르게 흘린 눈물을 닦아주신 것이다.

　"좋은 사람을 두었더구나."

　"네. 좋은 사람이에요. 기다려 주셔서 감사합니다."

　"하하. 그래. 어서 가자. 시간은 소중하니까."

　어머니가 불편해하시는 걸로 봐서 못된 사람인 줄 알았는데, 외할아버지는 생각보다 정상인이었다.

　"……."

　딸칵-

　정상인은 아닌 듯.

　할아버지를 따라 걷자 한 남자가 긴 차 앞에서 대기하고 있었고 문을 대신 열어주었다. 로스앤젤레스에 갔을 때 존 리처드가 마련해 준 차보다 좋아 보이는 리무진이었다.

　외할아버지는 얼핏 보기에도 부유해 보였는데, 어머니와 아버지가 가난하게 살아온 것을 생각하면 언뜻 이해가 되지 않았다.

어머니께서는 내 손을 꼭 잡고 할아버지를 노려보셨는데, 확실히 두 분 사이에 무슨 일이 있었던 모양. 부모와 자식 사이에 싸움이야 흔한 일이니 그러려니 생각했다.

'멋진데.'

리무진에서 내려 향한 곳은 19세기 귀족의 저택처럼 호화로웠다.

할아버지를 안내하는 사람들이 귀족, 아니, 황족이라도 대하는 듯 정중하여 뭔가 싶었는데, 자리를 잡고 앉으니 그 대우가 더해졌다.

곧 음식이 나왔고 먹기 시작했다.

"도빈아, 할아버지에 대해 들은 적 있느냐."

"없어요."

할아버지가 고개를 끄덕였다.

밝은 곳에서 보니 어머니와도 나이 차이가 꽤 많은 듯한데, 어머니께서 늦둥이셨거나 하는 사연이 있는지도 모르겠다.

내가 죽기 전보다도 나이가 많아 보였다.

"어."

"왜 그러느냐."

"맛있어요."

"하하. 그래?"

할아버지가 옆에 서 있는 남자에게 시선을 주자, 그가 곧장 어디론가 향했다.

"처음 먹어보는 게냐."

"네. 정말 맛있어요. 할아버지도 드세요."

뭔가 흐뭇하게 바라보는데, 나야 처음 본다지만 손자를 처음 보는 할아버지란 입장을 생각해 보면 그리 무리도 아니란 생각에 굳이 신경 쓰지 않았다.

"우리 도빈이가 올해로 몇이지?"

"여섯 살이요."

"여섯 살인데 기특하구나. 자기 일에 책임을 질 줄도 알고."

"당연한 일이니까요."

"그래. 사람이라면 자기 일에 책임을 져야지."

아, 이것도 맛있다.

"음악은 제대로 배우고 있느냐."

처음 봐서 그런지 궁금한 게 많은 모양.

"네. 재밌어요. 아직 배울 게 많아서 더 좋고요."

"가지고 싶은 건 없느냐."

"벌어서 사면 돼요."

"하하하. 그래. 필요한 게 있으면 벌어서 사야지. 그럼⋯⋯ 선물은 어떠냐."

할아버지가 식탁 위에 상자 하나를 올려놓으셨다. 핸드폰이다. 그것을 직접 열어 내게 건네주기에 받았는데, 어머니께서 더는 못 참겠다는 듯이 말씀하셨다.

"그만 해요. 아이 두고 무슨 짓이에요?"

"할아버지가 손주와 밥을 먹는 것도 문제냐."

"안 보기로 한 거 아니었어요? 이제 와서 도빈이에게 관심을 보이는 이유가 뭐예요?"

"진정해라."

"못 해요. 도빈아, 가자."

뭔가 맛있는 음식에 집중할 자리가 아니었던 모양.

어머니께 들은 이야기가 없어 상황은 이해할 수 없었지만, 내 예상보다 두 분 사이에 갈등의 골이 깊은 것 같다.

툭-

막 어머니에게 이끌려 일어서려 하는데, 외할아버지가 식탁 위에 신문을 던져놓았다.

Q. 곧 싱글 앨범이 제작된다고 들었다. 기분이 어떤가.

A. 돈을 벌 수 있다니 다행이에요.

Q. 무슨 뜻인가. 돈을 좋아하나.

A. 네, 좋아해요. 우리 집은 가난하니까, 음악을 더 배우려면 돈이 필요해요.

'이런.'

이시하라 린과의 인터뷰 기사다.

"대체 무슨 생각으로 그러는 게냐. 너로도 모자라 네 아이까지 가난하게 살게 할 테냐."

짐작하건대 어머니의 속은 문드러졌을 것이다.

무슨 이유로 사이가 틀어졌는지 알 수 없지만, 어머니께서는 외할아버지에게서 떠나 독립을 하신 듯하다.

"그간 도빈이에 대해서 알아봤다. 다들 천년에 한 번 나올 천재라고 하더구나. 오늘 보니 어린 녀석이 책임감도 있고 강단도 있고. 부모가 돼서 더 좋은 환경은 마련해 주지 못할망정 너야말로 지금 뭐하는 짓이냐."

"아버지야말로 무슨 짓이에요? 배 서방한테 한 짓 잊으셨어요? 당신만 아니었으면 배 서방 지금 그렇게 살지 않아도 됐고, 우리 도빈이 좋은 거 먹고, 예쁜 옷 입었을 거라고요!"

'생각보다 심각한데.'

어디서 많은 들어본 것만 같은 느낌이 들어 생각을 해보자, 어머니께서 아침마다 보시던 아침드라마가 떠올랐다.

To Be Continued

8악장 베토벤의 교육 수준

본 궁정 악장을 지낸 조부와 궁정 테너였던 아버지를 두었던 루트비히 판 베토벤은 어려서부터 자연스레 음악을 접했다.

11세 때는 크리스티안 고틀로프 네페를 사사해 오르간 보주 연주자로 일했고 13살 때는 첫 출판을 했으며 이후 그의 삶은 우리가 아는 대로 음악뿐이었다.

그런 베토벤은 당시 기준으로도 음악 외적인 지식이 부족했는데, 특히나 수학적 능력은 암담한 수준이었다. 어렸을 적부터 가장 역할을 하면서 돈 관리에 철저했던 베토벤은 가계부를 꼼꼼히 작성했는데, 정작 곱하기를 못 해 더하기를 반복하는 식으로 계산하였고, 그마저도 곧잘 틀린 흔적이 그의 편지에 남아 있다.

아버지 요한이 그의 욕심으로 가혹한 음악 훈련을 반복시

킨 탓이었고, 그럼으로써 17~18세기에 교회가 가지고 있던 교육권이 국가에 귀속되면서 생긴 교육열의 혜택을 받지 못했기 때문.

덕분에 베토벤은 기초적인 지식조차 갖출 수 없었고 또한 불운한 환경과 교육을 받지 못함으로써 인간관계에서도 어려움을 겪었다.

그가 조금의 교양이라도 갖출 수 있었던 계기는 19세 때 본 대학에서 인문학을 청강하면서 시작된다. 이때가 프랑스 대혁명이 발발한 시기였는데, 칸트의 계몽주의에 심취했던 베토벤은 그의 어록을 메모해 사색하기도 했으며 문학에도 관심을 가져 셰익스피어의 템페스트, 괴테의 작품 등을 좋아하기도 했다.

<다시 태어난 베토벤>에서는 배도빈의 이러한 점을 수리 능력이 평범한 수준, 대륙이 어떻게 이동하냐는 반응 등의 몇몇 에피소드로 그렸고, 베토벤의 미숙한 인간관계가 정상적인 가정에서 태어남과 인격적으로 훌륭한 인물들과의 만남을 통해 변화함과 그의 무지함이 정규 교육 과정을 경험하는 것을 통해 채워지는 이야기로 표현되었다.

번외로 배도빈이 차채은에게 피아노를 가르칠 적의 기준은 독일의 교육개혁가 요한 베른하르트 바제도의 교육사상에 영향을 받은 것인데, 그가 주장한 교수법상의 3법칙은 다음과

같다.

1) 많이 가르치지 말고 유쾌하게 가르쳐라.

2) 많이 가르치지 말고 기초부터 순차적으로 가르쳐라.

3) 많이 가르치지 말고 유익한 지식만을 가르쳐라.

베토벤이 바제도의 사상을 접했을 가능성은 적지만 필자의 상상으로 활용한 부분이다.

8악장 베토벤이 현대 음악을 접한다면?

필자는 현대 음악이 낭만시대의 연장선상에 놓여 있다 생각하지만, 음악사에서 말하는 낭만주의 시대는 루트비히 판 베토벤이 죽은 1827년부터 1920년대 정도로 여겨진다.

필자는 베토벤의 인류에 대한 사랑, 진리 탐구, 심연을 들여다보는 듯한 음악성을 이유로 베토벤이 르네상스부터 축적된 인본주의에 크게 영향받았다고 생각한다. 또한 이것이 그가 고전주의의 마지막이며 동시에 낭만주의의 태동이 될 수 있었던 근본으로 여긴다.

낭만주의는 프랑스 대혁명 이후 인권에 대한 재고, 개인주의의 태동 등 당시 유럽에 만연했던 혁명, 개몽적 사상과 밀접하게 연관되었는데, 산업화의 영향으로 악기가 개량되고 대량 생산되면서 연주회 등의 공급능력이 높아지고, 시민들의 의식 향상과 더불어 향유하는 계층 폭이 넓어짐에 따라 비로소 대중과 가까워졌다.

베토벤은 〈다시 태어난 베토벤〉에서도 언급되었다시피 최초의 프리랜서 음악가로서 스스로 악보를 출판하고 연주회를 하는 등 귀족이나 교회에 귀속되어 활동하길 거부한 음악가였다.

그런 그의 행보는 점차 근대화를 준비하는 유럽 사회 변화의 최선두에 위치했고 동시에 대중을 상대함에 따라 보다 자극적이고 쉬운 음악을 했으리라 생각한다.

그런 그에게 고도로 발달된 현대의 대중음악은 큰 자극제가 되었을 거라 판단. 〈다시 태어난 베토벤〉에서는 전자바이올린이나 전자기타 등, 과거 인물이 겪을 법한 새로운 문물에 대한 거부감 대신 탐구욕으로 표현하였다.

9악장 대한민국의 클래식 음악

대한민국의 클래식 음악계를 한마디로 표현하자면 수요가 공급을 따라가지 못한다고 평하고 싶다.

현재는 시·도향이 늘어나는 추세지만 재정적으로 온전히 독립해 인프라를 구축한 오케스트라는 여전히 소수며 관객 수, 음반 판매량은 저조하다.

그러나 음악가는 상당히 풍족한데 최근 뛰어난 기량을 선보이는 조성신 피아니스트 이외에도 상동석, 권혁주, 김대진, 김봄소리, 백건우, 사라 장, 선우예권, 손열음, 유진 박, 임동혁,

임지영, 임현정, 장한나, 정명화, 정명훈, 클라라 주미 강 그 외에도 수많은 음악가들이 활약하거나 했었다.

상황이 이러다 보니 언론에서도 클래식 음악계에 대해서는 그다지 비중 있게 다루지 않는 점은 애석한 일이다.

이러한 상황과 별개로 현재 대한민국 클래식 음악계는 상당히 경직되어 있다는 비판을 받기도 하는데, 기자나 평론가가 평을 하려 해도 기성 음악가의 입김이 강해 사실상 비판적 이야기를 쓸 수 없다는 이야기가 나오고 있다. 이 또한 사실이라면 안타까운 이야기.

〈다시 태어난 베토벤〉에서는 이렇게 시리어스한 상황을 뒤로 미루기 위해, 또 빠른 스토리 전개를 통한 몰입력을 주기 위해 작중 초반, 한국 시장에 대해서는 언급만 했을 뿐이다.

왜 베토벤이 주인공이어야 했나

〈다시 태어난 베토벤〉을 연재하기 시작했을 무렵 19개 출판사로부터 계약 제의를 받았는데, 그중 대부분이 실존했던 위인을 주인공으로 내세운 것에 우려를 표했었다.

공통된 이유는 인물 해석에 따른 고증 문제로 공격받을 수 있다는 점이었는데, 결과적으로 보면 내 고집을 세우면서도 그분들의 걱정을 잘 넘긴 듯하다.

필자는 〈다시 태어난 베토벤〉에 대한 성공을 간절히 바랐고 또 자신이 있었다. 장르 소설 독자들이 좋아하는 이야기와 베토벤이란 인물이 잘 부합한다고 생각했기 때문이었다.

'돈 좋아!'라는 대사가 이러한 이야기를 가장 잘 표현하고 있는데 사실 이 대사가 함축하고 있는 의미가 깊기에 부록을 통해 언젠가는 이 장황한 이야기를 풀어내고 싶었다.

〈다시 태어난 베토벤〉은 필자의 마지막 도전이었다. 프롤로그를 쓴 시기가 18년 3월 중순. 89년생 만 29살이었던 필자에겐 작가로서 살아갈 수 있는지에 대한 확신이 필요했었다.

글에 대한 욕심이 남아 있었지만 그렇다고 돈이 없는 서러움을 다시 느끼고 싶지 않았기에 〈다시 태어난 베토벤〉을 반드시 성공시켜야만 했다.

그런 의미에서 어떻게든 독자들을 이끌고 나가야만 했다.

그러기 위해 활용했던 것이 '돈 좋아'라는 대사인데, 장르 소설 독자들이 바라는 성공에 대한 대리 만족과 솔직하고 대담한 성격(정확히는 답답하지 않은 성격) 그리고 베토벤이라는 인물이 가진 아이덴티티가 녹아 있다고 말할 수 있겠다.

뒷이야기를 모르는 분들은 한번 웃고 넘어갈 수 있지만 어렸을 적부터 가족의 생존을 위해 남을 믿지 못하고, 계산적이 되어야만 했던 베토벤의 삶을 아는 사람이라면 저 대사를 무척 슬프게 받아들였을 것이다.

이를 두고 혹자는 베토벤이란 인물에 대한 이해가 낮다는 말을 남겼는데 그대야말로 베토벤이란 인물에 대해 얼마나 알고 있는지 묻고 싶다.

빈에 정착한 뒤의 베토벤은 결코 가난하게 살 필요가 없었음에도 생존 이외의 일에 쉽게 지출하는 법이 없었다.

그러면서 돈을 버는 일에는 누구보다도 적극적이었는데 이러한 베토벤의 당시 상황은, 2013년 4월 9일, 서울대학교에서 한국예술종합학교 예술경영학과 홍승찬 교수가 강의했던 '자유를 꿈꾸는 고독한 속물, 베토벤'을 참고하면 이해하기 쉽다.

위대한 음악가이기에 일부 사람들은 돈을 밝히는 주인공 배도빈을 '자낳괴'로 인식하지만(그러한 대조적 모습으로 인한 웃음은 필자가 의도했지만) 필자는 그것만이 전부는 아님을, 베토벤이란 인물이 어떻게 그의 삶과 투쟁했는지를 이해하길 바라여 단행본 1권 또는 연재본 14화부터 작품 전체에 걸쳐 반복해 언급하고 있다.

누구보다도 간절히 성공을 바랐던 루트비히.

그리고 그 어떤 음악가보다 위대한 루트비히.

루트비히 판 베토벤의 삶이 필자에게 위로와 힘이 되었듯 〈다시 태어난 베토벤〉의 배도빈과 주변 인물들의 이야기가 그런 역할을 해주길 진심으로 바란다.

사족을 덧붙이자면 참으로 귀여운 구석이 많은 위인이라는 점도 주인공의 모티프로 삼기에 좋았다.

작중 배도빈이 아침마다 커피를 마시는데 커피알을 60개씩 세는 이야기가 나오는데, 실제 베토벤은 일일이 그와 같은 행동을 반복했다고 한다.

천재들이 가지고 있는 강박증 중 하나인지 아니면 그만큼의 커피를 마시지 않으면 안 될 정도로 카페인 중독이었는지 그마저도 아니면 커피를 마셔서 생기는 지출을 관리하고 싶었는지 알 수 없지만 말이다.

또 미식가인 점도 재밌는데 맛있는 음식을 먹는 걸 즐겼다고 한다. 거기에 더해 스스로 요리를 해 남을 초대해 대접하는 것도 즐겼다고 한데 주변인들은 그를 무척이나 실력 없는 요리사로 여겼다고 한다.

〈다시 태어난 베토벤〉에서 배도빈을 달래주기 위한 방안 중 '맛없긴 해도 요리를 먹어주자'라는 의견이 나오는데 이러한 배경이 모티프가 되었다.

책을 읽는 분들에게만 밝히지만 '카레'는 〈다시 태어난 베토벤〉에서 아주 중요한 역할을 맡았는데, 굳이 카레로 정한 이유는 필자가 생각하기에 아무리 망쳐도 맛없기 힘든 음식이기 때문.

카레는 배도빈의 절망적인 요리 실력을 보여주는 장치로서도, 작중 중요한 역할을 하는 장치로서도 활용되었다.

마왕성
플레이어

트레샤 퓨전 판타지 장편소설
WISHBOOKS FUSION FANTASY STORY

신들의 전장, 하멜.

집으로 돌아가기 위한 마지막 싸움.

믿었던 동료가 배신했다!

[영혼 이식의 대상을 선택해 주십시오.]

뒤바뀐 운명. 최약의 마왕. 그리고…….

"이번에는 좀 다를 거다!"

어둠 속에 날카로운 칼날을 감춘,
마왕성 플레이어의 차가운 복수가 시작된다.